在尘寰

西风瘦

经典文库编委会 ◎ 编

河海大学出版社
·南京·

图书在版编目（CIP）数据

在尘寰．西风瘦 / 经典文库编委会编．—— 南京：河海大学出版社，2020.3
（二十一世纪中国作家经典文库）
ISBN 978-7-5630-6164-8

Ⅰ．①在… Ⅱ．①经… Ⅲ．①散文集－中国－当代 Ⅳ．① I267

中国版本图书馆 CIP 数据核字（2019）第 254782 号

丛 书 名／二十一世纪中国作家经典文库
书　　 名／在尘寰——西风瘦
书　　 号／ISBN 978-7-5630-6164-8
责任编辑／毛积孝　章玉霞
特约编辑／李　路　韩玉龙
特约校对／李国群
封面设计／仙　境
版式设计／刘昌凤
出版发行／河海大学出版社
地　　 址／南京市西康路 1 号（邮编：210098）
电　　 话／（025）83737852（总编室）
　　　　　／（025）83722833（营销部）
经　　 销／全国新华书店
印　　 刷／三河市双峰印刷装订有限公司
开　　 本／880 毫米 ×1230 毫米　1/32
印　　 张／7
字　　 数／113 千字
版　　 次／2020 年 3 月第 1 版
印　　 次／2020 年 3 月第 1 次印刷
定　　 价／59.80 元

目录 Contents

飘香的秋天　001

老井　004

去山里转转　008

绝症　012

别样的风景　018

讨债记　021

瞧这顿饭吃的　024

大美的乡村爱情游戏　027

我想栽棵柿子树　032

刘连长　036

梦中玛丽　039

谁是冒名者	047
救人的皮带	052
送一个孝心给父母	056
真戏假唱	063
爱情回锅味也甜	070
调律师	075
吊唁活人	083
榨菜爱	091
雨天相亲	097
蓝美人	103
八月桂花香	107

春湖家政	111
四根灯管	116
硬板床的误会	121
敲门	125
远离稼穑	130
伤心土地	150
船过码头	165
很多人的掌声	191
绝版绿色	197
失火事件	204

飘香的秋天

冯伟山

秋天的时候,我从城里调到乡下的一所学校当校长。上任的当天,办公室里摆放的菊花给了我很深的印象。那是十几盆盛开的菊花,颜色各异,生机勃勃,那种让人备感温馨的气息溢满了整个房间。

"这菊花真美呀!"我情不自禁地称赞道。

"美是美,可总觉得心里别扭。"站在一旁的小刘老师搭了话。

"怎么会呢?"我笑着问。

"哎,马校长,这花儿是前几天我们

镇的上一任老教委主任送来的。他蹬辆三轮车,边卸车边说是送我们看的,鬼才相信呢!老主任在任时清正廉洁,没想到退休了倒不顾晚节了。"

"送几盆花看,跟晚节有什么关系呢?"我有点儿不解。

"马校长你想想,现在社会上各行各业的人都把钱赚到学校里来了,联系校服的、图书的、保险的,就连校门口那个卖冰棍的老太太也赖在那里,撵都撵不走。你说这花能白看?等着吧,过几天就会有人来收钱的,价钱保准比市面上高。"小刘老师一副胸有成竹的样子。

"不可能吧?"我有些疑惑。

这会儿小刘没再言语,他脸上漾着一种叫人不易觉察的笑。

一眨眼,十几天过去了。这些日子,我坐在溢满菊香的办公室里办公、备课,神清气爽,与小刘老师的那番对话也早就忘了。

我有个早起长跑的习惯。那天我跑到镇教委附近的一条小路上,见一位老人弓着身子,正吃力地蹬着三轮车爬一段上坡路。车斗里是十几盆溢香的菊花,那欲滴的青翠随着老人双腿的屈伸而不停地抖动着。我忙跑过去帮老人推车子,翻过坡路，老人停下车子，很客气地说了声"谢谢"。

我问："大爷，赶集去卖吗？"

"不是，我要去一所偏远的小学校，这花儿是送给老师们看的。"

"您这么辛苦，就不收点儿钱？"

"说来不怕你笑话，我是个老教师，退休后闲着没事，就在小院里侍弄了几百棵菊花，趁天气还没冷下来，就挨个学校给老师们送几盆看看，也好让他们在课间轻松一下嘛！"

听着老人平淡的话语，我突然想起了办公室里的那些菊花，自己也正被一位老人默默地关心着、呵护着，心情一下子激动起来。

"您……您就是我们镇教委刚退下来的老主任吧？"

"是呀。"老人见我还要问下去，就打断了我的话说，"我得走了，还有五六个学校的菊花没送到呢。"

望着老人渐渐远去的背影，我忽然觉得这个秋天，有这些菊花点缀，更显得美丽多姿了。

老井

冯伟山

　　丰爷有口老井,是祖上连同两间破茅屋一起传给他的。

　　这是一口上好的老井,井水冬暖夏凉,四季清醇,据说一两百年来从未枯竭过。这井水到底滋润了多少代龙泉村人,谁也说不清。

　　到了丰爷这辈,村里不少人打了压水井,可水质比起老井来相差甚远,总有一股涩涩的浊味。于是,每天丰爷的老井旁依旧排满了打水的人。

老井原先在丰爷的院子里，用一道矮矮的篱笆墙将之与大街隔开。丰爷孤身一人，又没有什么值钱的家当，为了方便乡亲打水，就拆了篱笆墙。

闲暇的时候，丰爷便搬出一张凳子来，然后坐在凳子上，乐呵呵地看着乡亲们打水，有时也顺便照看一下跟着爹娘来打水的孩子。每天丰爷都把老井的周围清扫得干干净净，遇上下雨或者刮大风，他都用木板把井口盖严。

丰爷把老井当成自己的命。

他把老井贡献给大家，分文不取，自然赢得了好人缘。那些同龄的老人也爱找他凑堆儿，每天说说笑笑，丰爷觉得很充实。

可这些日子，丰爷总叫村里的广播吵得心烦。仔细听了，却是南方发了大水，号召大伙儿踊跃捐款，让受灾的人们重建家园。丰爷的心一紧，啥也没说，只是使劲瞅了瞅那口老井。

第二天，人们再去打水时，却发现丰爷坐在老井旁，身边竖了一块木牌，上面歪歪扭扭写了一行字：每担水收费五角。人们愣了，不知如何是好，便一起看向丰爷。丰爷也不言语，只乐呵呵地看着大伙儿。人越聚越多，开始有人喊喊喳喳，继而人们挑起水桶一哄而散。

可没几天，人们禁不住老井的诱惑，又纷纷前来挑水了。

"不就是五毛钱嘛，哪辈子没见过？！"掏钱时免不了有人嘟囔几句。丰爷权当没听见，仍不言语。日子还和往常一样，过得飞快，不同的是很少有人再和丰爷搭话了。丰爷心里有点儿酸楚：看来这钱还真不是好东西。

过了些日子，有人从丰爷屋前经过，见夜深了还亮着灯，便忍不住想瞧个究竟。一瞧，那人口水差点儿淌下来。灯光下，丰爷瞪大眼珠，正数着一堆大小不一的票子。

这老东西，发了！天一亮，消息就传遍了村子的角角落落，可人们却发现：丰爷不见了。

直到太阳快要落山时，人们才在村口见到了丰爷，他满脸汗水，显得有些疲倦。人们像见了瘟神一样，一个劲儿地躲。这时村里的喇叭响了："请大家注意，现在宣布我乡各村支援灾区的捐款名单，龙泉村集体捐款八百元……"响亮的广播声回荡在龙泉村的上空。一时间，人们诧异了，都不知自己啥时捐了款。

丰爷笑了笑，就说："这些日子南方发了大水，我这个孤老汉子急在心上，就想了这个收水费捐款的馊主意。大家出钱我出力，今天走了三十里山路，总算替大伙把钱交到了乡里。从现在开始，再去老井挑水吃，我还是分文不收。"

话音刚落，掌声响成一片。

去山里转转

冯伟山

狗叫大黄，是卢二爷一手养大的。小狗毛色金黄，而且乖巧温顺，卢二爷走到哪它就跟到哪，小尾巴不停地摇着，可爱极了。卢二爷吃饭睡觉，它也不离左右。偶尔二爷坐着犯迷糊时，狗就在他面前翻滚蹦跳或发出不同的叫声为他逗乐。逗着乐着，十几年就过来了，卢二爷老了，大黄也老了。

老了的二爷对大黄似乎更依恋了，可娶进门没几年的儿媳却对大黄厌恶极了，动不动就骂它光吃不干活，还让人伺候。

卢二爷起初觉得儿媳说话真可乐，狗除了看门叫两声，从没听说它会干活呀！况且，大黄每天就吃点剩汤剩饭的，咋就成伺候了。可时间一长，瞧着儿媳天天挂霜的脸，二爷才意识到是自己不中用了，成累赘了。

一天，大黄不小心把在院子里玩耍的二爷的小孙子弄倒了，小家伙趴在地上哇哇大哭，眼泪鼻涕抹了一脸。看着儿媳用脚使劲地踢大黄，卢二爷啥也没说，他心疼大黄，可也只怪大黄不长眼。不多时，儿子领来了镇上狗肉店的一个伙计，他伸出满是油污的手刚要去拽大黄，就挨了二爷当头一拐杖。儿子轻声对二爷说，大黄太老了，眼神也不好，身上又脏乎乎的，卖掉它我给您换一笼鸟吧。二爷没吭声，憋了一阵儿，突然大声说："连我一起卖了吧！"自此，儿子和儿媳就不间断地有了争吵，儿媳更懒得和二爷说话了。

这天，卢二爷突然有了去山里转转的想法，而且要和大黄一起去。初秋的山野，空旷而辽远，虫儿弹琴，小鸟歌唱，漫坡的红叶把二爷的眼角映得红红的。大黄抖擞着精神，一会儿跑到二爷的前面，一会儿又跑到路旁的草丛里撵蝴蝶，快活得像个孩子。

趁大黄跑远撒欢时，卢二爷一阵儿急走，想甩掉大黄，可等走得上气不接下气了，一回头，大黄就在后面悠闲地跟着呢。甩了几次都没成功，二爷就灰心了，他浑身酸软，坐在路旁一个劲地喘气。

突然，他看到大黄朝远处的一棵大树跑去。卢二爷一喜，知道大黄要撒尿了，他觉得这是甩掉大黄的绝好时机，就赶忙站起来朝来时的路走去。刚走几步，他又觉得这样顺路走大黄还会撵上来的，就侧身藏在旁边的一块大石头后面。可再一想，狗的鼻子特别灵敏，能嗅着人的气味寻来，何况是大黄呢。对了，听说从水里走一趟狗就嗅不到气味了。二爷扭头一望，十几米远处还真有一条山泉汇成的小河沟呢，就急忙走到近前蹚了过去。二爷刚在一丛半人高的蒿草里藏好，就瞧见大黄站在来时的路上不停地张望，没见二爷，就朝着前行的小路飞快追去。

等不见了大黄踪影，二爷才从草丛里出来，他一边走一边想，大黄晚上吃什么呀？在哪儿睡觉呢？他脑子乱糟糟的，走着走着，眼前一黑就晕倒了。

二爷醒来时，先看到坐在床前满脸焦急的儿子，可他的目光没有停留,在周围来回游离,二爷喉咙里微弱地发出"大黄大黄"的声音。

儿子说:"大黄没事,是它回来把我们领到山里才找到您的。谢天谢地,您终于醒了,您到山里去玩也不说声,中午不见您回来我们就急着去找,直到晚上也没消息,刚想去报警,大黄却跑回来了。它不停地叫着,四只爪子上满是鲜血,它进屋咬住我的裤腿就拖着走,从它的眼神里我就知道您出大事了。大黄带着我们在山里跑了好多路才找到您,您晕倒的碎石旁满是血迹斑斑的狗爪印,我想那是大黄在山里不停奔跑磨破了爪子。"

正说着,大黄两只前爪扑到了床上,伸头用舌头舔了舔二爷的手。二爷见了,两行老泪一下就溢出了眼角。

儿媳站在一旁静静地看着,突然放声大哭,她拍了拍大黄的额头,对二爷说:"爹,您好好休息吧,您和大黄我都会照顾好的。"二爷听了,眼睛亮了一下。儿媳顿了顿,柔声说:"大黄还知道养育之恩,我要是不如大黄,还叫人吗?"

绝症

冯伟山

王长河得癌症的事一传开,全卢村的人都觉得可惜,说他才四十几岁,人也厚道,多好的一个人呀,怎么偏偏得了这种病?说的人叹息,听的人也跟着叹息,卢村霎时笼罩在淡淡的悲伤中。

卢爱国听到这事时没有叹息,反而有些窃喜。吃饭时,他得意地对老婆说:"王长河终于要死了。"

老婆白了他一眼,说:"你嘴上积点德吧!"

"积德?和我作对的都该死!"卢爱

国把酒杯朝桌上猛地一顿,咧嘴想笑,可他的笑容还没完全绽开,王长河竟站在了面前,这让他吃惊不小。

半月不见,王长河明显瘦了,满脸憔悴,手里还拄了一根棍子。卢爱国瞅了他一眼,屁股动也没动,说:"你咋又来了?"

王长河小声说:"还是为那钱。"

"你真是烦死人了,我不是让你去法院告我吗?"卢爱国不屑地说。

"可借条都让你吞进肚子里了,我咋告?人是要讲良心的,老天爷看着呢!"王长河边说边喘,靠棍子支撑的身子明显晃了一下。

"老天爷看着?真是笑话,那你肯定长命百岁了!"卢爱国脸上浮出一丝讥笑。

王长河两眼盯着卢爱国,说:"我得了绝症,活不了几个月了,可我走时一定要把事情弄妥了。当初你向我借五千元钱时是怎么承诺的?说当上村主任后立马奉还,还要把村里的一些果园、鱼塘啥的便宜承包给我作为回报,可五六年过去了,村里的资产都被你折腾光了,我也没得到回报。其实这没啥,你借我的钱该还吧？你不光不还，还找小痞子吓唬我，让我家的小卖部开不成。你……你咋这样呢？我家赚个钱不易呀！"王长河说着，眼睛湿了。

卢爱国听了，狡黠地一笑，说："当初向你借钱是瞧得起你，若识点儿抬举，说不定哪年我高兴了就给你点儿，你再这么执拗，连个借条都没有，当心我告你敲诈勒索！"

王长河哭丧着脸，说："你五六年了一分不还，还耍赖把借条吞进你肚里了，天地良心呀！"

"哼，你个敲诈犯！"卢爱国站起来，明显烦了，抓起王长河的胳膊就往外拽。王长河一个趔趄，口袋里掉出了一张纸片，像是化验单，上面的字很潦草，还夹杂着一些弯弯曲曲的符号，但卢爱国还是认出了下面那个"癌"字。他迟疑了一下，把手松了，说："你快回家吧，我和你动粗也太没素质了。钱半年内我尽量还你，虽说没有借条，可我还是讲信誉的。"

"半年？我等不到那天了。"王长河嘟哝着，索性一屁股坐到了地上。

"你这人脑子咋这么不开窍呢？要不是你生病，我早就打110告你敲诈勒索了。"

"你打吧，警察来了我也正好说说理。"王长河坐在地上，半眯着眼,脸色好看了不少。

卢爱国一下没了主意,又坐到凳子上,点了一支烟,想:"五六年来,自己这个村主任在卢村谁不当菩萨供着,逢年过节谁不意思意思,有不少找我办事的想送钱还要看我的脸色呢!不识抬举的东西,借了你几个钱是不假,至于上门来讨要吗?五六年就等不及了,那我就让你等一辈子!有钱也不给,看你王长河有多少能耐!可节骨眼上这家伙竟得了绝症,数日子活呢,要是死我手里可就麻烦了。"

想到这,卢爱国笑着说:"长河呀,你先回去养病,回头我给镇民政所打声招呼,给你家办份低保吧,钱不多,可也是我的一点儿心意呀!"

王长河听了,摇了摇头,说:"这么些年了,我都没办低保不也活得好好的。我家不需要,把借我的钱还我就感激不尽了。"

"你……你这人咋这样犟呢?"卢爱国又想发火,却被老婆推搡到里屋去了。

卢爱国出来时,王长河竟平躺在客厅里,嘴巴大张着,胸脯也急剧地起伏着。

"王长河,你咋了?你可不能害我呀!"卢爱国大惊,他慌忙过去扶起王长河,让他坐到椅子上。

王长河吧嗒了一下嘴,说:"没啥,一时半会死不了,我就觉得躺在地上舒服。"

卢爱国一脸焦躁,说:"我打个电话,让你媳妇和女儿来接你回去吧?"

媳妇和女儿来的时候,王长河正坐在椅子上闭目养神。他微微睁了下眼,喘了好一阵儿,才说:"你俩谁也不能动我,我胸闷得很,脑袋也晕,怕是血压上来了。"

娘俩相互看了看,谁也没吭声。王长河接着说:"我不回去了,要不明天再来多费劲呀。我都是要死的人了,我啥也不怕。我要是死在哪里,逢年过节别忘了在那里给我烧纸就行。"

王长河的媳妇和女儿听了,忍不住"哇"的一声大哭起来。

卢爱国黑着脸,在客厅里转了几圈,从口袋里摸出一沓钞票,扔到王长河跟前,恨恨地说:"王长河,算你有种!好好拿着,留着给你的老婆孩子吧,她们以后会有好日子过的!"

一家三口走出老远,还听到卢爱国在院子里扯着嗓子骂娘。

眨眼两个月就过去了,卢爱国估摸着王长河不死也动不了了,就想去瞧瞧羞辱他一番。走到半路,竟碰见王长河在村头的小学操场上锻炼呢,脸色红润,又伸胳膊又踢腿的。

卢爱国一愣,说:"你不是得了绝症吗?"

王长河呵呵一笑:"你才得了绝症呢!这世道,对某些人不用点儿计谋可咋活呀。"

卢爱国恼羞成怒,骂道:"好你个王长河,你敢耍我?看我今后怎么整死你!"

王长河说:"你没机会了!人在做,天在看,你这次逃不掉的!"

"你威胁我?"卢爱国两眼一瞪。

"威胁?那我就说一件刚知道的事给你听!"王长河刚一说完,卢爱国就吓得魂飞魄散,心说,这么隐秘的事他是咋知道的呢?

"完了,完了!"卢爱国喃喃着,身子就瘫了下去。

别样的风景

冯伟山

丁大峰是小报的摄影记者，胡须留得老长，一看就有个性。他除了给领导拍点儿会议照片，空闲里还喜欢拍些乱七八糟的东西，投给晚报，赚点儿报料费。

这天一大早，丁大峰就背着相机来到郊区的人工湖边。虽是初冬，但来玩的人不少，有散步的，也有冬泳的。

他今天高兴，特意穿了一件大红的外套，显得很阳光。他两眼搜寻着目标，终于看到一个小偷把手伸进了游泳者留在湖边的衣服里，摸到钱包后，抽身就跑了。丁大峰一喜，习惯性地举起相机，可他还没把相机端稳，就被人踢了一脚。有人凑过来，在他眼前晃了晃弹簧刀。丁大峰一下子蔫了，他放下相机，望着那人远去的背影，心想："好悬啊，亏了没喊，要不这小偷的同伙还不给我一刀？"想想自己既没破财，也没挨打，丁大峰一下子又兴奋起来。

他觉得这大清早再不弄点儿风景出来，实在对不起自己的高档相机了。他看了一眼那些立在湖边的熊猫塑料垃圾桶，就绕到一个僻静处，一脚把一只垃圾桶踹进了湖里。他躲在一丛灌木后，看着垃圾桶一沉一浮的样子，大喊："有人落水了！"听到喊声，那些湖里湖边的人，一个劲地向垃圾桶拥来。丁大峰笑着，举起相机按下了快门。

丁大峰跑出老远，在一棵歪脖树下站住了。他远远地望着"报料现场"，伸出舌头扮了个鬼脸，又骂了声"疯子"。

几天后，他在晚报上意外地发现了一幅照片。

照片上是一个长胡子男人的侧影特写，他眯着眼睛，舌头伸出老长，一脸龌龊样。照片的光感和色度很好，特别是他身上的大红外套，把丁大峰晃得揉了好几次眼睛，才发现这人竟是自己。

他有些吃惊,自己啥时成了人家眼里的风景呢?

他又瞅了一眼照片下的标题,看见了两个字——"疯子"。

讨债记

冯伟山

同事老张向我借了两百元钱,很长时间了也没还。后来我下岗了,日子紧巴了,就又想起了那钱。

可老张见了我竟说借钱的事没印象了,他老婆也不问缘由,就一口咬定"没钱"。我做梦也没想到竟是这样的结果,就对老张说:"你再想一下,那次借钱你去玩扑克了。"他老婆一听就开口大骂,老张吓得扭头躲进了房间。眼看着两百元钱就要引爆一场家庭大战,我只好悻悻而归。

回到家，我越想越气："借了我的钱，不还不说，还连句好话也不说，我凭啥啊？"

过了几天，我又去了老张家。这次老张干脆面也不露了，他老婆说话更气人："你说老张借你钱了，有借条吗？"

我说："都是哥们，写啥借条？"

他老婆两眼一瞪："那不行，没有证据，当心我告你个敲诈勒索罪！"

眨眼间，自己竟糊里糊涂和犯罪扯上了，我吓得拔腿就跑。

后来，我一想到那两百元钱，心里就堵得慌。媳妇说："钱咱就当丢了，买个教训。过些日子，我去试试。"

那天，媳妇穿了一身薄薄的黑色长衣长裤，戴了一顶乳白色的太阳帽，很清爽。她说："咱再没钱，也不能穿得太寒碜，让人家瞧不起咱。"

媳妇找到老张家门时，见他家里喜气洋洋的，就向旁人打听，原来是老张的儿子结婚。媳妇觉得不妥，刚想回去，可想到老张两口子的作为，就进去了。老张老婆很吃惊，也许是媳妇的穿戴与今天的场合不相宜，她盯着媳妇足足看了五分钟，就回房拿出两百元钱和一个红包给她。

媳妇回来后很高兴，说："老张媳妇还给了一个红包呢！"

我赶紧凑过来，红包里没有钱，却有"算你狠"三个字。

瞧这顿饭吃的

冯伟山

星期天,我和妻子在家打扫卫生,快要中午时,门铃响了。开门一看,是乡下的表哥。表哥提着一大袋苹果,笑呵呵地说:"来城里卖苹果,专门给你们留了一点儿尝尝鲜,顺便过来看看你们。"我赶紧把表哥招呼进客厅坐下,又沏了一壶茶。喝茶的工夫,老婆就在厨房里忙活开了。可不一会儿,老婆就探出头朝我招了招手,我忙起身去了厨房。

妻子说:"今天忙得没去超市,蔬菜不多了,关键是冰箱里的鱼肉也没了,你赶紧出去买些吧。"我答应了一声,刚要出门,表哥却说话了:"你们两口子嘀咕啥呢,我猜是要出去买东西吧?"我只好如实相告。表哥说:"我又不是外人,有啥吃啥,你要出去买菜我就走。"看着表哥认真的样子,我对妻子说:"那就简单做点儿,吃个便饭吧。"

不一会儿,一盘炒鸡蛋,一盘花生米,还有一个紫菜汤就端上了桌。我起身去拿酒,可找遍了房间的角角落落也没找到,不免一脸的尴尬,对表哥说:"你看,酒也刚好没了,真不好意思呀!"表哥一笑,说:"没有正好呢,我是骑三轮摩托来的,这城里查酒后驾车厉害着呢,咱直接吃饭。"

表哥吃过饭,和我聊了一会儿就走了。

表哥刚走,女儿就回来了,手里还提着一只烧鸡和一瓶好酒。女儿说:"今天休班,本想早点赶回来吃午饭的,可路上堵车了。"她用手把烧鸡撕了,盛了满满一大盘,并招呼我们两口子入座。我说:"我们刚吃过了,你自己吃吧。"女儿不让,说一个人吃饭多没意思呀,非让我俩再尝尝老牌烧鸡的味道,还把酒打开,给我倒了满满一杯。为了不辜负女儿的一片心意,我和妻子又坐下来,一家人边吃边聊。

正吃得高兴，门铃又响了。我和妻子抢着去开门，进来的竟是表哥。他说："我骑车出去一段路了，突然觉得眼睛被风吹得流泪，才想起头盔落你家了。"说完，他径直走到餐厅，从墙角处拿起了头盔。这时，他的眼光落在了餐桌上的烧鸡和散发着酒香的酒杯上。表哥说："兄弟呀，有鸡有酒的，你这生活水平眨眼间提高了不少呀！"

表哥调侃的一句话，弄得我尴尬死了，就结结巴巴地说："这鸡……这鸡是女儿刚……刚捎来的，这酒也是。"表哥看了我一眼，笑着说："兄弟没喝醉吧？侄女在哪里呀？"是呀，在哪里呢？我一看傻眼了，饭桌上哪有女儿的影子啊！妻子忙说："她刚刚还在这里吃饭，咋不见了呢？"表哥拍了拍我的肩膀，意味深长地一笑，转身走了。

我和妻子呆呆地站在餐厅里，也忘了送送表哥。这时，女儿突然出现了。我一把抓住她的胳膊，急急地问："你去哪里了？可把老爸害苦了。"女儿满脸疑惑地说："怎么，我去了趟卫生间就害你了？"

大美的乡村爱情游戏

冯伟山

前些天,大美在街上偶然碰到卢村的老同学卢六。他头发油光,腆着个大肚子,完全没了前几年杀猪卖肉的样子。聊了几句,更让大美吃惊不小的是,卢六居然出资和县电视台合办了一档夫妻娱乐节目,他还兼任策划。

看着大美满脸的惊奇,卢六拍着肚子说:"这样吧,下个星期天晚上,我郑重邀请你们夫妻参加节目,也好现场测测你和你老公的默契度,看看你们的生活和谐不和谐。"大美连忙摇头,说:"我们是农民，种地可以，要上电视录节目可不行。"大美越是推辞，卢六越是邀请。大美见盛情难却，就答应了。

说起这档节目，可谓红遍了县城乡村，听说报名都要排队呢！大美当然也不陌生，和丈夫一起看过多期节目，熟悉里面的各个环节。

节目看似简单好玩，但大获全胜的人却很少，电视台自然赚了不少广告费和报名费。说起卢六，大美就忍不住想笑，上初中时他和自己同桌过两年，学习成绩一直倒数。那时的他居然情窦大开，给自己写过多封错字连篇的情书，把大美恶心得不行。听说卢六辍学后干了屠夫的行当，怎么突然就成了文化人呢？

到了星期天下午，大美两口子收拾妥当。大美对丈夫说："咱去露脸是小事，大奖是一定要拿到手的。"大美叮嘱了丈夫几句话，两人就去了县城。赶到电视台演播厅时，卢六见到大美很是热情，紧紧攥着她的手调侃说："今晚要是拿不到大奖，可就说明你们夫妻俩要么有人出墙，要么有人出轨了。"大美一笑，说："放心吧，我俩的乡村爱情是坚不可摧的。"

节目一开始没有什么新意，和其他省市的此档节目类似，先是主持人对十对夫妻玩"脑筋急转弯"，什么"一支铅笔两个头，一支半铅笔几个头"，还有"什么饼不能吃，什么鱼也不能吃""生米做成了熟饭怎么办"，等等。弄完这些，又做了一些测试夫妻默契度的小游戏。这些哪难得住大美夫妻，经过几轮淘汰，最后现场只留下了大美夫妻和另外两对夫妻。

这时，主持人说："下一个环节叫'摸手识夫君'，用布蒙住女嘉宾的眼睛，再让男嘉宾站混了，还要把手上戴的戒指啥的全都摘下，让女嘉宾摸男嘉宾的手，凭感觉识别自己的丈夫。男嘉宾不准出声，否则淘汰出局。此环节淘汰一对夫妻，剩下的将争夺冠军。"

主持人话音刚落，眼上蒙着红布的大美就急着上阵了，她从一边摸过去，摸到第二个人时就不继续了。她死死攥着那人的手，把他拉到一边。场上突然响起掌声，卢六的眼睛也一下瞪得溜圆，心想，好家伙，这大美咋这么厉害呀！看着大美紧紧攥着丈夫的手，把脑袋靠在他肩头的幸福样，卢六突然觉得心里酸溜溜的。过了好一会儿，一个女嘉宾才总算摸准了自己的丈夫。

此时，比赛就要进入高潮了。主持人说："我们还是老规矩，女嘉宾蒙着眼睛，到男嘉宾面前凭对方的呼吸和身上的气味来辨别自己的丈夫，时间是一分钟。还是男嘉宾们不能说话，否则淘汰，胜出者就是今晚的冠军，奖金五千元。"主持人说完一摆手，做了个开始的动作。场上的气氛一下高涨起来，卢六更是百倍地关注，小眼瞪得溜圆，原来奖金要从他的腰包中掏出来。

这时，大美的丈夫尴尬地一笑，用手挠着头皮说："不好意思，我……我一激动，就想去厕所。"现场的人都笑了。主持人也笑着说："那就快去，等你五分钟。"其实，也就三两分钟的工夫，他就回来了，现场的气氛再一次高涨起来。

比赛开始了，另外一个女嘉宾几乎把鼻子凑到两个大男人脸上也没辨别出自己的丈夫，时间一到，就宣布她失败了。轮到大美上场了，她也把鼻子凑到两个男嘉宾面前，只一闻，就抱住了自己的丈夫。现场掌声雷动，都觉得大美两口子真是太有默契了。

主持人问大美的获奖感受，大美说："没啥感受，俺两口子就是冲奖金来的。两口子天天在一起，我要是一晚上闻不到他身上的气味，还真就睡不着。你说我对丈夫这样了解，不得奖还不让人笑掉大牙。"

卢六发奖时，握着大美的手久久不想松开，他说："佩服，你们夫妻俩是我学习的榜样呀！"

回到家，大美掏出奖金，喜滋滋地坐在沙发上点了两遍后，对丈夫说："亏了你手背上的伤疤有个小坑，要不我还真摸不准呢。对了，你快去刷刷牙吧，上趟厕所的工夫就吃了半头蒜，我都快被你熏死了。"

我想栽棵柿子树

冯伟山

春天来了,我想在新建的庭院里栽几棵树,美化一下环境。

父亲说:"就在大门前栽棵槐树吧。俗话说'门前一棵槐,不挣自己来',以后的日子保证孬不了。"

母亲说:"还是栽棵梧桐吧。'栽下梧桐树,自有凤凰来',我可盼着孙子能娶个好媳妇。"

可老婆却说:"都什么年代了,还栽老掉牙的品种,就栽几棵樱花、玉兰吧,多漂亮!"

想想三人的话都有道理，却把我难坏了。

正巧有朋友来玩，听了我的难处，就说："这个好办，现在都时兴栽有造型的树，且越老越好，叫法还有讲究。譬如柿树，到了秋天，小灯笼一样的果实挂满枝头，金灿灿的，那才叫漂亮。最关键是寓意深刻，事事（柿柿）如意。什么财运、婚姻、美观不都包括其中吗？"我一听，简直乐坏了，这不是神树吗？

过了几天，我托人从山区的农户家买了一棵碗口粗的柿树，栽在了庭院里。还别说，这棵树龄稍长的柿树虬枝苍劲，树冠如伞，造型美极了。我每天没事就围着柿树转转，精心呵护着，心里美滋滋的。

一天，邻居张大哥来串门，他看了一眼柿树，说："柿树倒是不错，但不能栽一棵呀！"

"为啥？"我有些纳闷。

"这不是明摆着嘛，'一事（柿）无成'！"张大哥笑着说。

闻听此话，我惊出了一身汗，这不是没事找事，自己作践自己嘛！

"那栽几棵合适？"

"当然是两棵了,'好事(柿)成双'嘛。"张大哥又笑着说。

"对,太对了!"我对张大哥的回答简直服了。

没过几天,我又弄回一棵柿树来。这两棵柿树一般大小,造型也差不多,简直是天生的一对。我在院子里栽好后,咋看咋顺眼,想到秋天硕果累累的样子,心里别提多高兴了。

过了一段日子,柿树发出了新芽,满树的生机,给我的生活带来了无尽的美好遐想。

柿树上挂满青色小果的时候,有外地的一个同学来家中小坐。同学是个生意人,腰缠万贯,调侃中我就拿两棵柿树跟他炫耀。同学围着柿树看了几圈,点了点头,说:"太漂亮了!只是栽两棵也太不讲究了吧。"

"这……怎么讲?"我有点儿蒙了。

同学哈哈一笑,说:"两棵是'双'吧?'双'同'霜',冷冰冰的,没一点儿生气,也太不吉利了!"

我呆了足足五分钟,才缓过神来,刚才的高兴劲全没了。

同学又笑了一阵儿,说:"这柿树是不错,寓意更好,可不是一般人就能栽的。前年我承包了两座荒山,栽的全是柿树，一到秋天，漫山的金黄，美得都成旅游胜地了！"

"哦？那你栽了多少棵？"我被同学的气势征服了。

"当然不少于一万棵了。"

"哎呀，了不得，那一万棵又有啥讲究呢？"我忍不住又问了一句。

"讲究大了，'万事（柿）如意'嘛！"同学说完，又笑了。

我瞅了一眼庭院里的柿树，不知如何是好了。

刘连长

郑武文

晚饭，我做了刘连长最喜欢吃的小鸡炖蘑菇，并且开了一瓶二锅头，我俩一人倒上半杯，看着电视，边喝边聊。

刘连长问我："兄弟，看你有点面熟，是哪里人啊？你贵姓啊？"我说："刘连长客气，我也姓刘，原籍东湖镇黄家楼村。"刘连长说："我说呢！我也是东湖镇黄家楼村的，而且我也姓刘。原来是老乡啊！来，咱俩再干一杯！"

晚饭以后，我又沏了一壶茶，坐在沙发上边看电视边和刘连长喝。刘连长不时看看表,又在屋里转了两圈,最后还是忍不住对我说:"我说啊,天也不早了,我看你还是回家吧,要是没玩够呢,明天再来。我随时欢迎。要不太晚了,不但你家里人挂念,而且你看我也应该休息了……"

我妈说:"这就是他的家,你让他回哪儿去?你看,这是他老婆,这是他儿子,我是他妈。"刘连长瞪着眼瞅了一会儿我妈,却也没反驳,在那儿沉默了一会儿,叹口气,喝完一杯茶,独自进屋休息去了。

第二天一大早我就起来了,搀扶着刘连长去外面散步。我住的房子是一个老小区,设施简陋,没有锻炼的地方,我只好带着他到邻近的公路上走走。好在我都是在上班前带刘连长出来,公路上的车还不算多,相对安全。可是今天偏偏就出了意外,一辆汽车从后面摇摇晃晃冲着我俩开过来,眼看就躲不开了,我急忙抱着刘连长倒向旁边的公路沟子,汽车擦过我的腿,走出一段才刹住。我急忙查看倒下去的刘连长,好在沟里都是松软的泥土,刘连长的骨头和肉都没受到伤害,可是我的腿却被汽车刮出了一道大口子,鲜血直流,刘连长急忙脱下自己的外衣,以非常利索、专业的手法给我包扎起来。

看到刘连长头上渗出细密的汗珠,我忍不住问:"你想起我是谁了?"刘连长迷茫地看了我一会儿,然后慢慢摇了摇头:"我虽然还没想起你是谁,可是看到你流血,我的心很疼,你一定是我很亲的一个人。"

我抱着刘连长的肩膀喊了一声"爸爸",眼泪夺眶而出。

刘连长大名刘定远,是我的父亲,却在晚年不幸得了老年痴呆症,只记得从前的事,只允许我们喊他刘连长,对于我们这些儿孙包括我母亲都不认识了。可是那种父子连心的感觉却永远也扯不断。

梦中玛丽

张道余

刘志红和李岚是一对恩爱夫妻，结婚十六年来，二人甜甜密密、相濡以沫地过日子，连脸都没红过一次。但最近一段时间，李岚觉得丈夫有些反常，像有什么心事似的，常常欲言又止，就关切地问他："是有什么不顺心的事，还是身体不舒服？"刘志红笑笑，极其轻松地拍拍胸脯："没什么，我什么都好好的！"

丈夫虽有朗朗的笑声，却没让眉头舒展，这没能瞒过细心的妻子。她想，只有两种情况，丈夫才可能不会向她说实话：一是丈夫有非常严重的疾病甚至绝症，他不愿让妻子为自己牵肠挂肚，想独自一人承担病痛的苦楚；二是……唉，她想都不会往那方面想，丈夫绝不是那样的人！他是老三届学生，下过乡，当过几年知青，吃过苦，受过磨炼，懂得生活的艰辛，非常珍惜妻子对他的感情，不是那种会移情别恋的男人。

李岚除了在生活上和感情上更加关心刘志红外，还悄悄地去了附近几家医院，了解到丈夫最近没去看过病，她放心了。可丈夫整天仍是忧心忡忡，愁眉不展。有时她下班回来，竟见到丈夫神情慌张，藏藏掖掖。为减轻丈夫的心理负担，李岚若无其事地关照他，他却吞吞吐吐地说不出话来。她犯疑了：丈夫难道真的变了，莫非背着她在干什么不可告人的勾当？

虽说是相知相爱了这么多年的夫妻，女儿都读高中了，但她还是不放心。自那以后，李岚特别留心丈夫的行动。

一个星期日，她悄悄地跟着出了门的丈夫，远远地盯着他左转右转，发现他去了邮局，径直走到汇兑专柜，办理一项汇款手续。看着丈夫背着她往外寄钱，她心里很不是滋味：志红呀志红，我李岚要是个鼠肚鸡肠、死抠钱财的吝啬鬼，你这么做我还想得通,可我对你在经济上要支援亲戚朋友,哪次不是爽爽快快就答应了?你要是拿钱去救急救穷倒也罢了,家里再困难我们也能咬牙挺过;要是背着我去养情人包二奶,那你就太不是个人了!

丈夫的疑点愈来愈多,不仅与她交谈的时间少了,还常常很晚回家。她想进一步了解丈夫的行踪,可自己都是上白班,与丈夫又不在一个单位,挪不出时间也找不到机会。

这天晚上,丈夫十一点才回到家,她在床上假装睡着了,听到丈夫在其他屋子里折腾了好一会儿,才回到卧室往床上一躺,重重地叹了一口气,辗转反侧许久才响起了鼾声。李岚不敢相信躺在自己身旁的他会变,又不得不承认与自己相亲相爱的他现在确实变了。

只见丈夫翻了一个身,嘴里喃喃地说着什么,嘀咕了好一会儿,突然一声尖叫:"马丽啊马丽,这可怎么办啊?"李岚听着丈夫在梦里呼喊着另一个女人的名字,心存的疑虑被证实了,心里就像被锥子扎着一样难受。她不是那种遇着什么事就大吵大闹的女人,她冷静下来,前前后后想了许多许多,默默地在心里问了几十个为什么,咬住枕巾,流了一夜的眼泪。

丈夫是从什么时候开始变了的呢？李岚想起来了，是他独自去了一趟曾下过乡的小凉村，回来后就心事重重，下班的时间也没有规律了，经常比她晚回家许久。因为太相信丈夫了，只以为他车间里工作忙，忙碌一天疲累了，就没盘问过他，现在想起来，这"马丽"就可能是他下乡时遇到的"小芳"，两人在他下乡时就已经很熟了，只是回城后才逐渐疏远，现在一见面，自然是旧情复发，难舍难分了。而丈夫又是一个非常有责任心的人，在我和"马丽"之间，他感情上的纠葛怎么能一下子理得清？

李岚决定把情况弄清楚，帮助丈夫走出感情的泥淖。这个星期五晚上，她对丈夫说："单位组织去旅游，明天出发，星期日晚上才能回来。"第二天一早，她径直奔向丈夫下乡插过队的小凉村去了。

她到了小凉村，没暴露自己的真实身份，只是说来找一个没见过面的朋友。村民们都说村里没有叫马丽的女子，是不是她记错了地址。她后来问到一个中年人，中年人提醒她："是不是叫莫丽啊？"李岚随机应变地点头："可能是吧，电话里听不太清楚。莫丽她住哪儿？"中年人说："她在十多年前就去了深圳，听说现在是什么公司的总经理。"

小凉村、深圳或者本市，这个马丽或者莫丽到底在哪里？李岚理不出头绪。她很失望，在附近的镇上住了一夜，第二天一大早就乘车赶回了家。

刚到家门口，还没等她掏出钥匙，就见丈夫背着一个大包袱，两手提着几个小包，埋着头像座小山似的吃力地向她走来。她看见丈夫这个怪模样，大吃一惊："志红，你干啥？"

刘志红冷不丁地被妻子这么一叫，抬头一看，吓出了一身冷汗，手中的包不自觉地落到了地上，身子随着向后着地的大包袱倒了下去。李岚慌了，赶紧上前帮丈夫从包袱背带里挣脱出来，开门扶着他坐在沙发上，给他倒了一杯开水，轻轻地拍着他的背，喂着他慢慢喝了下去，然后从门外拖回了大大小小的包袱。

李岚满心怜爱地对丈夫嘘寒问暖，看丈夫渐渐地缓过气来，也不急着追问他到底在干什么，只是给他说些宽心的话。刘志红见妻子仍是这么温柔体贴，禁不住鼻子一酸，话不成句:"李岚,我……我对不起你……有一件事……我瞒了你。"李岚宽慰他说:"不管什么事,你都照实说,天不会塌下来,说出来心里就会好受些。""我……我……"刘志红终于说出了事情的原因。

原来,刘志红因为怀旧,今年五月去了一趟他曾经插过队的小凉村。不去不知道,一看真是吓一跳,小凉村至今仍然十分贫穷落后的面貌让他震惊,特别是一些适龄儿童因家里交不起学费而失学更让他痛心。他决定,自己哪怕省吃俭用,三年不添一件新衣,也要资助一名失学儿童读完中学。

"好呀,这个举动好呀,你为什么不告诉我?"李岚插话问道。

刘志红吞吞吐吐地说:"我还有一件事瞒了你。我们单位不景气,我已经下了岗,我不敢把这个事实告诉你,怕你受不了这个打击。当然也怕……怕你说我没出息。你想想,这个时候,我下过乡的小凉村的儿童还在失学,我对我的第二故乡的事不能袖手旁观;另一方面,咱们的女儿婷婷正在高中住读,正是需要钱的时候,我又下了岗。我真是左右为难,急火烧心呀!此时此境,再大的难事我也只有咬紧牙关独自承受了！于是，我决定四处揽活干，最后担任了一家企业的推销员，帮助这家企业推销洗面奶。我知道你什么都好，唯有一样，就是挺爱面子，要是知道我下了岗在干推销商品的事，肯定会出面阻止，我只好像做贼一样背着你外出推销。近来由于销路不好，洗面奶积压太多，眼看投入的资金收不回来，我便心急火燎，食不甘味，卧不安寝。这次你说外出旅游，我认为机会来了，正好放心大胆地干两天，尽量多推销出一些商品，谁知刚出门就让你逮住了。"

刘志红满脸歉疚地说完后，又打开一个又一个包袱，里面果真装的全是一瓶瓶洗面奶。李岚拿过一瓶，看了看，原来牌子是——"玛丽"！她拍拍脑袋，恍然大悟：啊！"玛丽"——"马丽"！原来丈夫梦中高声呼喊的可恶的第三者就是这个洗面奶呀！她又惊又喜，心中的一块沉甸甸的石头终于落了地，紧绷的神经倏地一下松弛了，不由惊叫起来："唉，我的宝贝老公，你怎么不早说呢？害得我成天像丢了魂似的！"

看着妻子不但不恼怒，反而狂喜的神情，刘志红丈二和尚摸不着头脑，李岚故意不给他说个明白，惊喜之余，当即爽快地向丈夫表示："下岗有什么了不起，捐助希望工程更是高尚的事！志红，天塌下来我们顶起来！是险滩，是激流，我们一起走过去！我的好志红，你就完全放心吧，我支持你！我和你一道去推销'玛丽'，咱们就甩开膀子爽爽气气、堂堂正正地干吧！"

谁是冒名者

张道余

阳春三月,阿凡走进国防乐园,在宣传橱窗前观看"学雷锋树新风"的图片展览,突然,不远处人工湖边传来"救人呀,救人呀"的呼叫声,他猛地一惊,立即疾步跑向出事地点,只见水面上浮动着一个鲜红的大气球,两个八九岁的小孩在水中挣扎,快要沉下去了。

吸取以往的教训,这次他多了一个心眼,忙问岸边的人:"不是拍电影吧?"这一问不打紧,立即遭到了人们连珠炮似的指责:"什么?要拍电影你才去救人呀?

想当英雄出名是不是？""哼，没见过这样的人，带着锣鼓喇叭做好事！""你下去呀，我们去给你叫拍电视的来！"弄得阿凡尴尬万分。

看着湖中拼命挣扎的小孩，一股热血直往阿凡头顶上冲，他顾不得这些闲言碎语，纵身一跳，向着落水者游去。

阿凡水性好，两个小孩被他一手一个抓着游回了岸边。两个小孩趴在石栏上"哇哇"吐出了许多清水以后，眼光仍恋恋不舍地飘向湖中："气球，我们的气球！"

阿凡从湿漉漉的衣袋里掏出五元钱，塞给两个小孩："水中的气球不要了，你们重新去买两个吧！"

小孩接过钞票，向阿凡敬了一个礼，说："谢谢叔叔！"然后两个人一溜烟就跑了，阿凡随后也穿着湿漉漉的衣服离开了国防乐园。

阿凡晚上打开电视看本市新闻时，他的肺都气炸了。你道为何？

原来播音主持正在播送一条新闻，说的是解放军驻本市某部战士杨新风，今天冒着初春的寒冷，从国防乐园的人工湖里救起了两名小孩，为此部队为他记了一个三等功。

阿凡想不到自己不为名不为利地救了两个落水儿童,却有人贪他的功,并且,这个冒名贪功的人竟是一名最应该受人尊敬的解放军战士。他思来想去,愤愤不平。

第二天一下班,阿凡就骑着一辆自行车奔向驻军某部。连队指导员热情接待了他。当听完阿凡的叙述后,指导员严肃而又认真地对阿凡说:"阿凡同志,你提供的情况很重要,我们一定会认真负责地弄清事实的真相,请你留下通信地址和电话号码,有了结果后,我们会及时通知你!"

第三天,阿凡就接到了指导员的电话,邀请他去连部一趟。阿凡想,一定是真相大白了,骗子,不,可能是年轻人邀功心切初次犯错误,也该暴露无遗了。

他急匆匆来到部队驻地,指导员请他在沙发上坐下,通讯员给他端来一杯热茶。指导员在通讯员耳边嘀咕了一阵,通讯员点点头,从另一间屋子里领出两个小孩,来到阿凡的身边。

指导员问道:"阿凡同志,你仔细看看,你救的是不是这两个小孩?"

阿凡两眼睁得大大的,迅速扫遍两个小孩全身,咦,怎么不像他救的那两个小孩呢？怪了，难道是因为没穿那天的那身服装吗？不对，不仅模样不像，年龄和个头似乎也要小些。两个小孩也把眼睛睁得大大的，围着他转了转，盯着他好一阵，然后茫然地摇了摇头。他弄糊涂了，浑身一热，像有无数只小虫子爬满了全身。

正当他迷惑不解时，通讯员又从另一间小屋子里领出一名解放军战士，指导员忙凑上前给他作了介绍："这是我连的战士杨新风同志。"指导员又把他介绍给了杨新风，杨新风立即向阿凡伸出一只大手："向阿凡同志学习！"还没等指导员介绍完，两个小孩就跑上前亲切地拉住杨新风："解放军叔叔，谢谢你救了我们！"

阿凡见到眼前这个情景，脸一下红到耳根：这是怎么啦，眼睛一眨，我救过的那两个小孩怎么全变了模样，并且变成了别人救起的落水者？这下可好了，我不仅成了诬陷这位解放军战士的罪人，而且揭发者反倒成了冒名争功的小人！他纵有千张嘴也辩说不清。

正当他十分窘迫、无地自容时，通讯员又领来两个小孩，一上场左瞅瞅，右瞧瞧，一下扑到了阿凡跟前："谢谢叔叔救了我们！"

这下阿凡似乎明白了什么,心中悬着的一块石头终于落了地。指导员微笑着向阿凡解释了这一切。

原来,指导员那天在得到阿凡提供的新情况后,认为事出蹊跷,必有原因,于是来到杨新风救人的人工湖边进行调查,从一个清洁工人口中获知,在三月八日同一天,这里先后发生了两起路人见义勇为救起落水小孩的事件。

指导员根据这条线索,顺藤摸瓜,终于了解到,就在阿凡救起两个小孩的地方,一个小时后,战士杨新风也从这里救起了两个落水儿童。杨新风见两个小孩年纪小,就将他们送回家里,照样是做了好事不留名就告辞了。其中一位家长悄悄地尾随着杨新风来到当地驻军部队,向驻军首长表达了由衷的谢意,并强烈要求部队领导表扬该战士。

所谓"冒名者"的真相大白后,指导员很受感动,于是经过慎重考虑,才导演了这场奇特的见面仪式。

指导员紧紧地握住了阿凡和杨新风的手,不住地夸奖:"你们一个是地方的活雷锋,一个是部队的活雷锋,都是好样的,谁都不是冒名者!"

阿凡咧开大嘴,不好意思地笑了。

救人的皮带

张道余

女友小翠与王大山大吵了一场后,气急败坏地一摔门就冲了出去。王大山也是一肚子气,心想去就去吧,谁稀罕谁呢?可过了一会儿,又转念一想,毕竟是多年的情侣了,感情基础还是有的,怎么能任她去呢,万一出了事咋办?他赶紧拨打她的手机,可小翠的手机已关机。他不禁忐忑不安起来,确实放心不下,也跟着跑了出去。

王大山满大街寻找,也没见到小翠的影子,不知不觉内急起来。要在以前跑野外，随便找片树林或庄稼地就能解决问题，酣畅痛快得很。可这里不行，这里是城市，虽说不是闹市区，但不时有一两个行人走过，要是被人撞见可怪丢人现眼的。况且现在正在争创全国文明城市，这种不文明行为可是给城市抹黑。

他跑了好一段路，都没找到公共厕所，肚内却愈憋愈急，头上直冒汗，心里发慌，难受得不行，再憋下去肯定要出问题。眼见到了府河边，他眼瞅着四下无人，就顾不得什么了，赶紧躲进路旁一片树荫下，"唰唰唰"好一阵痛快。压力解除，包袱卸下，从头到脚一阵轻松，却听见远处有人在喊叫什么。他耳背，是过去井喷时落下的后遗症，不到身边大声说话是听不清的。放眼望去，是一个戴着红袖套的中年妇女向他紧急地招着手，他知道糟了，肯定是自己随处小便被抓了个"现行"。

王大山距"红袖套"有好几十米远，此时要溜也来得及，可这种事他做不出。他想错都已经错了，伸头是一刀，缩头也是一刀，认罚吧，就乖乖地向"红袖套"走了过去，"红袖套"也小跑着向他靠近。两人碰面，他主动地掏出钱夹，问"红袖套"要罚多少。"红袖套"却说："把皮带抽出来，提着裤子——

赶紧！"天！这是什么惩罚方式，不收罚款，却要解开裤带提着裤子，这不是侮辱人格是什么？我不就是解了个小便吗？不是被逼急了谁做得出这种事？接受批评知错就改就是了，至于这么跟人过不去？

"红袖套"见他迟迟疑疑没有动作，急着要伸手采取"革命行动"，一个女人要抽他的皮带，这叫啥事？他赶紧自己动手将皮带抽了出来，"红袖套"迫不及待地一把抓了过去，并嘱咐他："提着裤子，背向河堤！"他这才注意到，河堤处已经站了一排男士，一个个都老老实实、规规矩矩地提着裤子面朝着公路，看样子都是与他一样犯了同样的错误。他们的身后有几个女人俯身在河堤栏杆上指手画脚地喊叫着。没办法，他只得乖乖地加入了这个男人们提着裤子的队伍之中。在陌生女人面前提着裤子，这是他有生以来的第一回。

脸红心臊地挨了一会儿，猛听得身后一阵女人的欢呼声："啊——啊——成功啦！"少顷，身旁一位男士扯了扯他的衣角："喂，老兄，你没听见叫呀，可以回过头来了！"王大山不解："叫我们提着裤子干啥呀？"对方见王大山一副屈辱的模样，扑哧一声笑了："哎，用我们的皮带连接成绳子，下去救人呀！刚才那位戴红袖套的大妈不是跟你说清楚了吗？"

说清楚了？他怎么会没听见呢？都是这耳背招的。这位男士解释说，一个姑娘，可能因为失恋跳进府河，一位女游泳队员下水将她救到岸边，却上不了又高又滑的堤坎，于是，几位妇女急中生智，呼喊路过的男士将腰间的皮带解下救人，你来之前，皮带接成的绳子刚好差几十厘米。"可是，为什么要我们背向堤坎呢？""哎，那姑娘精神有些失常，是赤身裸体跳进府河里的——这种情景，你能看吗？"这下他算落了个大明白。

王大山不由向被救上岸裹着一身众人衣服的姑娘望去：天哪，那人竟是小翠！

送一个孝心给父母

张道余

眼看父母的红宝石婚纪念日就要到了,作为大女儿的龙振锦想送给父母一份厚重的礼物。送什么好呢?父母几十年来生活节俭朴素,已成习惯,送贵重的东西他们不仅不会接受,还会借此严肃地教训自己一通。那么就送实惠的礼物吧!她征求父母的意见,准备分别为他们二老量身定做一件质量非常好的羽绒服。

母亲问要多少钱一件,女儿说不贵不贵,用最好的细绒充装才五百八十元一件。母亲吐了吐舌头:"我的天,五百八十元一件还不贵呀？"女儿说："那就做最便宜的二百八十元一件的吧。"母亲表示还是太贵了："你看我今年买的一件羽绒服，才花了五十元呢。""五十元？在哪里买的？"女儿不相信会有这么便宜的羽绒服。母亲说："青年路买的呀。"女儿笑了："恐怕是地摊货吧？"母亲反驳道："我是夏天去买的，不在季节上，商家大减价，当然便宜了。你们年轻人就是不会过日子，不知道反季节去淘又便宜又好的东西。"女儿没话说了。

龙振锦张罗着去大酒店为父母订几桌海鲜酒席。父亲知道后问她多少钱一桌。女儿答，一千六百八十元。父亲当下就不同意："不行，这么贵！"女儿解释道："咱们又不是经常下馆子，就是图个新鲜和喜庆嘛。再说，你和妈辛苦了大半辈子，结婚四十周年庆典，享受享受也是应该的嘛！"父亲可不同意这种做派："未必大把花钱才叫享受呀，振锦，你太年轻不晓事，真正的快乐你还没体会到呢！"

吃不行，穿不行，到底给父母送什么礼物好呢？龙振锦思来想去，真没辙了。

这几天，母亲整天乐滋滋的，像小孩子企盼着过年似的。

女儿问她怎么啦。母亲说，她在盼一个快要到来的同学会，五十年没见过面的同学将会聚集在一起，有多少知心话要互相聊聊呀，怎会不激动、不高兴？

可母亲参加同学会回来后，情绪却有些低落。她悄悄地对老伴说，同学一见面，有的说去过新马泰，有的说去过欧洲，还有的说去过美国，可她连国门都没跨出过一步，这辈子算是白活了。老伴安慰她，人生在世，各有各的活法嘛！我们虽然哪里都没去过，在山区小学教书育人几十年，可过得十分充实和自信，不照样是潇洒快活吗？母亲只得无奈地叹了口气。

他们的谈话无意间被女儿听见了，龙振锦心里顿时就有了一个送一份别致的礼物给父母的主意。

几天后，龙振锦将一份去欧洲十四国旅游的合同交给父母。母亲面露喜色，父亲却问："欧洲游？那可是一笔不小的花销啊！"

龙振锦微微一笑，轻松作答："没花一分钱，是我运气好，在一家大型商场购物中了大奖，奖品就是欧洲十四国二人游。你们二老不是很想到国外去看一看吗？这次的欧洲十四国游，要去巴黎、罗马、维也纳，这是你们做梦都想去的地方，现在终于可以圆你们这个美梦了。"

父母都摇摇头："购物中奖，不相信会有这等好事。"

女儿信誓旦旦地表示："这么大的事我怎会骗你们呢，难道你们还不相信自己的女儿是一个十分诚实的人？"

父亲不无担心地说："振锦，不是我们不相信你，而是担心你被人蒙骗。你想想看，世上哪会有天上掉馅饼的好事？要是你被别人骗了，我们老两口稀里糊涂地到了国外，又被层层追加各种费用，而我们身上带的钱又不够，最后被别人抛在国外，那可怎么办？"

女儿说："你们就一百个放心地去吧，这么有信誉的大商家，绝对不会骗人的。"

联想到以前他们听信虚假宣传，购买墓地被骗去了几万元，父母还是担心振锦被蒙骗，他俩就挨个地给振绣、振中、振华三姐弟打电话询问，又叫他们到商场和旅行社去查实，结果都回答说千真万确，确有其事。这下父母才把心放到肚子里。能到欧洲十四国去旅游观光，自己又用不着花一分钱，父母都高兴地准备出行。

到了出发去机场飞往北京的那一天，本来应由龙振锦亲自护送，可她突然接到一个紧急电话，叫她赶快回公司处理一件重要的事。此时丈夫出差在外，叫弟妹赶来送一程也已经来不及了，她只能抱歉地由父母随同旅游团一道出发了。

父母出国旅游后，龙振锦在家里却是成天惴惴不安。为啥呢？她深知父母一辈子辛苦，却又舍不得花钱享受的生活理念和习性，为了让父母能心安理得地享受一下生活，她其实是伙同旅行社的工作人员以及几个兄妹，由她出资，共同编造了这么一个善意的谎言。

她倒是送了一个孝心给父母，但担心的是，父母旅游回来后，要是知道是她花了三万元巨资让他们去"潇洒"的实情，不知会有多心疼，又会怎样地把她骂得狗血淋头。孝顺，孝顺，首先就是要顺，要听父母的话；孝而不顺，哪还谈得上什么孝顺？

半个多月后，旅行社通知龙振锦，说欧洲十四国旅游团返回了，叫她去接站。龙振锦把父母接回家里，小心翼翼地问："玩得高兴吧？"

父母都乐呵呵地说："玩得真开心，从来没这么开心过！"

龙振锦悬着的心这才放下了一半。

父亲说:"振锦,你猜猜看,我们给你带回什么礼物来了?"

女儿用心地猜了几样,都没猜中,父亲这才从旅行包里取出一面鲜艳的锦旗,上面绣着八个金黄色的大字:"支教模范,扶贫先锋。"

龙振锦一看,如坠云里雾里:"支教?扶贫?这……这究竟是怎么一回事?难道你们没去欧洲旅游?"

父亲神秘地笑笑说:"你看看我们摄像机里的资料就明白了。"

龙振锦将摄像机接到电视上,电视画面出现,只见父母行进在山区的崎岖小路上,走进一家家破旧的小屋。随着摄像镜头进屋一看,山里农牧家庭的贫困程度真是令人咋舌。

有的家,除了屋子中间一口吊着的铁锅外,再没任何值钱的东西;还有的家是安在透风的山洞里。

父母走村串户,不忘自己曾经身为教师的使命,动员家长们将辍学在家的子女送回学校读书,并把一笔笔助学款递到孩子们的手中。

没等龙振锦发问,父亲就把他们此次真正去的地方说了。是的,他们没去欧洲旅游,而是去了偏僻落后的阿坝藏族自治州，用旅游费用的三万元钱，资助了三十名失学儿童。

龙振锦不理解了："你们怎么知道旅游的这三万元钱是我出的？又怎么能够把办了手续的钱给退回来？"

母亲在一旁嘿嘿笑了起来："嗨，你爸是什么人，什么事办不到呀？你知道吧，那个旅行社的负责人，就是你爸过去的学生，他能不听你爸的？还有，我们临出发时你接到的那个电话，也是你爸安排的呀！"

龙振锦不仅没挨批评，父母还一个劲地夸她："这个孝心送得好呀！"

真戏假唱

张道余

刘倩苗终于如愿以偿,考取了省艺术学校。

苗苗自小就有舞蹈天赋,两岁时就能随着音乐节奏跳出即兴舞蹈。进入幼儿园后,她的舞蹈天赋得到了很好的发挥,已显现小童星的雏形,四岁时就被推选进入县代表团,到市里去参加全市的幼儿才艺比赛,还获得了大奖。

苗苗的父母也因势利导,着意培养她这方面的特长,花钱把她送进县业余艺校进行培养，并对她寄予厚望，希望她能成长为像杨丽萍那样的舞蹈艺术家。

功夫不负有心人，苗苗初中毕业时，终于以优异的成绩考取了她梦寐以求的省艺术学校。

眼看省艺术学校报到在即，爸爸又不在家，只有妈妈送她到省城去报到了。

这天，苗苗对妈妈说："妈妈，我很希望爸爸能回来送我去省城！"

妈妈问："为啥呢，我送你不好吗？"

苗苗说："好久都没见到爸爸了，我心里可想死他了，我想借此机会让他回来一趟。再说，爸爸最大的愿望就是希望我能考上省艺术学校，如今愿望实现了，他能亲自送我到省艺校报到，不知会有多高兴呢！"

妈妈听她说得在理，立刻答应了她："好，我动员你爸爸回来送你一趟。"

苗苗担心地问："爸爸那么忙，连中秋和春节都没能回家，这次他能回来吗？"

妈妈说："试试吧，他那么爱你，我想他这次可能会满足你这个愿望的。"

苗苗的爸爸刘世全是公司负责销售的经理，常住在广州的办事处，因工作忙，已经一年多没回家了。

苗苗听妈妈说同意动员爸爸回来送她，催促着妈妈："好呀，你赶紧给爸爸打电话呀！"

妈妈说："你爸太忙了，长年在外跑，手机又不开，我打过电话，可打不通，我到他们公司去一下，让他们设法跟你爸联系联系。"

第二天，妈妈告诉苗苗，爸爸同意回来送她去省城一趟，不过他确实太忙了，要等到苗苗出发的那一天才能回来。又能见到日思夜想的爸爸了，苗苗非常高兴。

九月一日，苗苗要出发了，左等右等爸爸都没回来，苗苗着急了，妈妈连忙安慰她："你爸爸是一个说话办事都很守信用的人，他说了要回来就一定会回来的！"

又等了许久，仍不见爸爸回来，母女俩焦急万分，只得打的到了火车站。

此时检票进站的时刻已到，妈妈匆匆地和苗苗上了火车。事已至此，看来爸爸确实是抽不了身，只得改由妈妈去送苗苗了,妈妈失望地摇了摇头,重重地叹了一口气。见不到心爱的爸爸,苗苗噘着嘴满脸的不高兴。

就在火车即将启动的那一刻,爸爸终于气喘吁吁地赶来了,母女俩这才转悲为喜,长长地舒了一口气。

一路上,爸爸不断地做着检讨,直向苗苗赔不是。

都一年多没见爸爸了,女儿有好多好多心里话要向爸爸说啊!跟爸爸亲热还来不及,怎么会怪罪爸爸呢?

爸爸明显地瘦了,憔悴了,苗苗看在眼里,疼在心里:"爸爸!你一个人在外面,事事都要自己操心,工作再忙再累,也要照顾好自己的身体啊!你是我们家的顶梁柱,可不能倒下啊!"

爸爸"嗯嗯"地直点头,为有这么一个懂事的女儿而感到欣慰。

火车到达省城已是傍晚了,他们只能在宾馆住上一夜,明天再去学校报到了。

父女俩吃完晚饭后亲热地拉着家常,忽然传来了轻轻的敲门声,爸爸开门一看,见是三个陌生的年轻人,他不由一愣,十分诧异,心里直嘀咕:你们是什么人啊,找上门来干什么呀?

对方机警地向刘世全眨眼示意，很有礼貌地与他打起了招呼："呵，对不起，刘经理，公司业务上有一件十万火急的事，我们正等着你一起研究解决的办法呢。走，跟我们一起出去！"

刘世全眉头一皱，立即明白了是怎么一回事，忙点头同意："好吧，我跟你们去一趟！"

他回过头来嘱咐女儿："苗苗，你放心，我明天一定会准时送你去学校报名！"

苗苗依恋地目送着爸爸，放心地看着爸爸跟着三个年轻人有说有笑地走了。

晚上，苗苗住的客房里来了一位阿姨，她告诉苗苗："你爸爸因业务上的事太急太重要了，又急着赶回了广州。我是你爸爸的朋友，受你爸爸的委托，明天送你到学校去报到，今晚我就在宾馆陪你。"

爸爸工作太忙太累，苗苗完全相信，她很理解和尊重自己的父亲，也能理解他的做法。

第二天，苗苗在阿姨的护送下，顺利地到省艺术学校报了名，阿姨放心地离去。苗苗高高兴兴地在优美的新环境里开始了新的学习。

刘世全随着三个年轻人走出苗苗的视线后，立即被戴上了一副冰冷的手铐。刘世全被拘捕，这是怎么一回事？

原来，刘世全是一名网上通缉在逃的贪污嫌犯，通缉令发出一年多了，警方都没能抓住他。

妻子在他与家里电话秘密联系时，多次动员他到公安机关投案自首。刘世全却抱着侥幸的心理，错误地认为逃过一天是一天，时间久了就会没事。此次要不是爱女心切，妻子又殷殷恳求，他说什么也不会回来冒这个险的。

警车上，刘世全两眼噙泪，"咚"的一声跪在了几名警察的面前："谢谢你们，警察同志，是你们维护了我做父亲的尊严，保护了孩子幼小的心灵！我回去后一定服法认罪，老实交代，接受改造，重新做人！争取做个好父亲！"

几位警察赶紧将他扶起："不，不要谢我们，人道拘捕是我们应当履行的职责。你应该感谢你的妻子，是她请求我们这么做的！也请你放心，你女儿的入学报到，我们已派了一位女民警去帮她办理。"

  刘世全听到女儿有人护送,悬着的一颗心彻底放下了,对警察更是感激不尽。

爱情回锅味也甜

张道余

漆琴在外打工,与一个叫鲁明的男孩子同租一套房。同一屋檐下,不久他们就相恋了,爱得死去活来。漆琴在一家电子厂工作,做的是计件,每天早出晚归。鲁明在一个小区当保安,不值班时就待在家里,把屋子收拾得整整齐齐。漆琴没时间做饭,两人经常吃的是方便面或盒饭。漆琴吃腻了,就希望鲁明能做做饭,她特别想吃一道满口喷香的回锅肉。鲁明说,吃腻了咱们就去下馆子,馆子里的味道可好了。漆琴不同意:"以我们的收入,一个月能下几回馆子？过日子还是要细水长流。"鲁明苦着脸回答："琴呢，你叫我干什么都行，就是不要叫我做饭。我在家里就最怵做饭了，我除了烧得来开水外什么都不会做。"漆琴噘着嘴："不会你就不能学学？不会做饭以后怎么过日子？"漆琴经常为这事唠叨，可鲁明是死猪不怕开水烫，照旧是以盒饭、方便面打发日子。

这天，漆琴上班前吩咐鲁明道："你今天做做晚饭吧，多做几个菜，我的一位女友要来，我在她面前夸了海口，说你很能干，特别会做菜，她专门点了你炒的回锅肉呢！我可是给你挣足了面子的。"鲁明冷不丁地被女友将了一军，顿时一愣，稍迟疑了一下，仍是满面笑容地应承："行行行！"

晚上，漆琴领着女友杨惠来到家里，果然见鲁明摆上了一桌丰盛的酒菜，惊得她合不拢嘴。漆琴心想，是他有手艺不肯轻易显露，还是把笨牛赶着上了架？杨惠边吃边夸鲁明的厨艺好，菜的味道能与餐馆里的比，夸得鲁明和漆琴心里乐滋滋的。

客人走后，漆琴在洗涮餐具时，发现厨房角落里堆了一大堆塑料食品盒，立刻明白了是怎么一回事。她质问鲁明："为啥要这样?"鲁明尴尬地笑笑:"嗨,我有啥法,为了不丢面子,只得到餐馆里买了!"漆琴冷冷地问:"花了多少钱?""就五百来块。""就五百来块?你说得倒轻松,五百块能做多少事呀!鲁明,别说咱们经济上不允许,你就是一个腰缠万贯的富翁,也不该这么大手大脚地花钱呀!"说着,一赌气就冲进卧室,"咚"的一声把门关了,任鲁明怎样叫也不开门。

第二天鲁明下班回到家,不见了漆琴,却见桌上放着一封信,是漆琴留给他的:明,我觉得你不是一块过日子的料,只得理智地选择离开。这道理我不知跟你讲了多少遍:爱情不是一时的轰轰烈烈,爱要爱得实实在在,要落实到日常的锅碗瓢盆上。我不希望你能给我大富大贵,但给我一份你亲自炒的回锅肉总是可以的吧?其实,我要吃你炒的回锅肉只是一个借口,我要的是你学会过日子。你要明白,一个家庭,要面临的困难多得很,吃方便面的日子岂能长久下去……鲁明读到这封信,不由后悔万分,他万万没想到,由于不会做饭,他失去了一个多么好的恋人。

漆琴是在女友杨惠的动员下到沿海城市去打工的。在杨惠的引荐下,她到一家服装厂担任会计,用上了她读职中时所学的专业知识。她由于工作谨慎，深得老板的赏识，经济情况也大有改善。

身在异乡，闲下来的时候，漆琴不免怀念起鲁明来了。平心而论，鲁明还是有许多优点的，除了不会做饭外，其他还真挑不出什么毛病。她自责自己行事欠考虑，因为要奔前程，就借题发挥，冲动地离开了鲁明。现在不知道鲁明有多怨恨自己。来到这里，她也时不时地到川菜馆吃吃家乡菜，改善一下伙食，可总觉得那味道不地道，回锅肉变了味，鱼香肉丝也无鱼香。这天，是中国的情人节，农历七月初七，她打电话约杨惠晚上聚一聚。杨惠说她要和男友一起过七夕，同时提醒她，可到蜀香楼川菜馆去试试那里家乡菜的味道。

漆琴只得一人来到蜀香楼。她先点了一份回锅肉，咦，味道还真不错！她品出来了，肉料是上等的二刀坐墩肉，豆瓣是地道的郫县豆瓣，蒜苗也是那种细根的香蒜，吃到嘴里从口鼻一直香到肠胃，真是爽极了！她又点了一份鱼香肉丝，味道也很好，就像妈妈炒的一样。在异乡能吃到正宗的川菜，她很想见见这位技艺高超的厨师，说不定就是一个真正的四川人，也好怀怀旧叙叙乡情。服务员将她的要求转达给了厨师，厨师搓着双手来到她的跟前："有什么不满意的地方请尽管提！"四目相对，她猛然一惊：这不是她日思夜想的鲁明吗？他怎么来到这里？鲁明也感到意外，想不到他在七夕之夜接待的一位客人竟是自己过去的恋人！他赶紧向老板请了一会儿假，和漆琴一道回到她的住地。

互诉了一阵相思苦后，漆琴问鲁明："那菜真是你炒的？"鲁明得意地回答："这还有假？我已是蜀香楼的当家厨师！""你不是说你一听做饭就发怵吗？现在怎么历练出这么好的手艺了？"鲁明挠挠头皮："哎，士别三日，当刮目相看嘛，这还不是爱情的力量！"他说，漆琴的突然离去，对他的震动很大，他认为漆琴指责得很有道理，于是就下决心要好好学习厨艺。他先到厨师培训班认真学习了三个月，又买回一大摞菜谱刻苦钻研，才有了现在这般手艺。漆琴又问："你怎么会选择到东莞来当厨师？"鲁明不好意思地笑了："嘿嘿，嘿嘿，是杨惠把你的地址告诉了我，我不来这里找你，我学的厨艺还有啥意思？"

异乡的七夕，漆琴吃到了她平生最为舒心的爱情回锅肉。

调律师

张道余

门铃响了,刘英开门一看,一个亭亭玉立的姑娘站在门前。未等刘英开口,姑娘就主动发问:"这是刘老师家吧?"

刘英答道:"是的,我就是刘英。你是?"

姑娘自我介绍说:"哦,我叫屈丽明,是亚洲琴行派来的调律师。"

"你是……调律师?这么年轻?"没有金刚钻也敢揽瓷器活?刘英不敢相信自己的眼睛。

"是呀，我就是调律师呀！不管是年轻的，还是年长的，只要能调好琴，就是好调律师。年龄不是问题，关键是看你有没有技艺，刘老师，你说是不是？"姑娘像抓住了刘英心理似的，款款地向主人自我推销开了。

刘英被姑娘的乐观和幽默逗乐了："是是是，你说得对。姑娘，啊，屈调律师，请进吧！"

刘英一想起昨天来的那位调律师就生气，琴行居然派来一名盲人来调琴。开什么玩笑，钢琴的构造这么复杂，大大小小有八千多个零件，犹如一台庞大精密的机器，明眼人要调试好都非常困难，一个两眼一抹黑的盲人怎么能调好琴？刘英很不礼貌地拒绝了昨天那位盲人。

瞅着姑娘这么年轻，刘英仍有几分担心："小屈师傅，我这琴，已经有好几位调律师调过，都调得不满意。你……能行吗？"

姑娘一脸诚恳："刘老师，是骡子是马，总得拉出来遛遛才行。你得给我一个机会。我调试好了，你有什么意见，尽管提！若是调得不令你满意，我一分钱都不收你的！"

看来只能死马当作活马医了，刘英冲姑娘点了点头。

姑娘这才打开钢琴顶盖，取下前面板，熟练地将两只手伸了进去，摸索了一会儿，侧过头来冲刘英说道："刘老师，恕我直言，你这钢琴很久都没弹了吧？"

刘英有些吃惊："哟，神了，确实是三年多没人摸过它了，你是怎么知道的？"

姑娘没有正面回答她的问题："琴还是要经常弹才好，三天不练手生嘛。"

是的，这架钢琴已经三年多没人弹过了。

钢琴是当音乐教授的丈夫置办的，丈夫生前视若珍宝，是丈夫的第二生命。在父亲的影响和培养下，女儿也弹得一手好钢琴，小学四年级时就获得过全市钢琴比赛少儿组的第一名。丈夫身患癌症去世后，这钢琴就具有了一种特殊的纪念意义。父亲去世后，女儿就像一下长大了似的，更加发奋苦练，弹琴水平有了很大的提高。谁知在女儿小学快要毕业的时候，却突遭车祸，命虽保住了，却永远失去了双腿。女儿坐上轮椅后，却再也打不起精神来学琴了。

后来，刘英请来了女儿的老师、要好的同学，以及丈夫生前的好友来开导和鼓励女儿，叶百灵当面答应得很好，可是都维持不了几天，仍然是唉声叹气，看不到一点光明的前景。这一次，是一位著名的心理学专家循循善诱，好不容易才打开了女儿心中的死结，女儿终于答应重新找回自我，再次树立圆艺术之梦的信心。但愿女儿的心境从此以后能一直沐浴在明媚的阳光里。

只见小屈姑娘俯在琴架上，一会儿摸摸那，一会儿碰碰这，不时取过特制的扳手，谨慎地拧动着螺丝，调试着每一根琴弦，犹如护理一个刚出生不久的婴儿，每一个动作都是那么小心细致。一会儿又眯缝着眼，敲击着琴键，与振动的校音棒发出的音响互相比照，凝神屏气聆听和辨别着每一根弦的音准。在整个调试过程中，姑娘的一招一式都是那么和谐有序，不像是在调钢琴，倒像是在弹钢琴，整个身心都沉浸在调律工作上了，琴房里听不见一丝杂乱的声音。过了许久许久，姑娘这才直起身来，拍了拍双手，擦了擦额上沁出的细密汗粒，对刘英说："刘老师，已经调试完毕，你试试吧！"

刘英疑惑地看了姑娘一眼，犹豫了一下，还是坐在了钢琴前，两只手猛一弹下去。顿时，一段飞越激昂的钢琴曲就从她手中流泻出来，音色清亮、纯净，犹如一股清澈的山泉。刘英兴奋地朝着卧室喊："百灵，快来快来，钢琴调好了，你来试试！"

卧室里传来女儿懒懒的回答声："我不试了，妈说行就行。"

刘英没理会女儿不冷不热的态度，回过头来称赞姑娘："小屈师傅，看不出你小小年纪，琴就调得这么好，是在哪个学校学的呀？"

姑娘嫣然一笑："我是在盲校学的。"

刘英说："盲校学的？你开玩笑吧？难道你是个盲人？"

姑娘点了点头："对，我就是盲人。从外表看，我的眼睛晶亮，眼窝也不下陷，跟正常人没什么两样，其实我什么也看不见！"

刘英却是怎么也不相信："不可能不可能，你的动作那么娴熟自如，钢琴调得那么好，怎么可能是盲人呢？"

姑娘只得从她随身带来的工具包里掏出了一本残疾人证，上面明确无误地写着"全盲"二字。刘英不由发出感叹："一个什么也看不见的人调出的琴比明眼人还好，真不可思议！"想到昨天她拒绝一位盲人为她调律的一幕，她的脸颊不由红到了耳根。

姑娘见刘英还存有疑虑，进而向她作出了解释："其实我们盲人调律不是用眼，而是用手，用耳，更是用心！我把钢琴上的每一个零件、每一个部位都摸了成千上万遍，它们的形状和位置早已烂熟于心。我的手触摸到钢琴的时候，就如同触摸到自己的身体，钢琴上每一个零件有些什么细微的变化，自然是逃不出我灵敏的手和心了！"

刘英不由对小屈姑娘连连点头称赞。

小屈姑娘继续说道："我们盲人，虽然眼睛看不见，但什么事都是用心去感悟，世界上就没有什么做不成的事！你如果不相信，我还可以当面做个试验给你看看！"

应小屈姑娘的要求，刘英为她找来了一根绣花针和一根丝线。只见她将小小的绣花针捏在左手，反复摩挲和比试了一阵，然后右手将丝线往左手指尖上一穿，只这么一下，丝线就准确无误地穿进了针孔里。做这种穿针引线的细致活，视力正常的刘英尚不能一下子成功，何况什么也看不见的屈丽明哩！刘英被她这一手绝活惊得"啊"地一下张大了嘴，不由啧啧称奇。

刘英说:"小屈师傅,真难为了你,竟苦练出这么高超的技艺,我算是服了!但我还是有个问题弄不明白,你是个盲人,又没见人护送你,你是怎么找到雇主家的?"

小屈姑娘笑了:"去雇主家,还不是小菜一碟!我们盲人,只是眼睛看不见,其他器官却特别好使。无论走在什么地方,脚下都是有数的,耳朵又特别灵,嘴也问得勤,心里还转动着一座永不停息的时钟。把以上各方面的信息一综合,我就能准确地判断我在什么位置……啊,刘老师,时候不早了,已经五点四十五分了,不能再耽误你了——我该走了。"刘英又是一惊,抬腕一看,可不是:一分不差,正好是五点四十五分!一个本应是举步维艰的盲人,对生活却是这般的热爱,对她所从事的事业已经熟稔到出神入化的地步,刘英的心灵不由受到了强烈的震撼!

此时,女儿突然转动着轮椅,快速地来到琴房,两眼噙着晶莹的泪花,激动地拉着刘英的手,语无伦次地说:"妈妈,我……我……我……哎,我的心跳得好厉害呀!我心里像涌动着一江春水……我……我怎么说呢?你们的对话我都听见了,我一定要好好练琴,用心去感悟音乐,感悟人生!"

刘英见女儿的态度突然来了一个一百八十度的大转变，十分高兴："好好好，我一定给你请一位最好的钢琴老师！"

女儿却说："妈妈，不必了，这位盲人姐姐就是我最好的老师！是她调准了我的心律！"

吊唁活人

张道余

一个夏天的夜晚,一个不幸的消息在祥瑞小区不胫而走:小区住户刘龙彪突然去世了。

祥瑞小区是一个安居工程,是专为城市旧房改造的拆迁户而修建的。这些来自小巷深处各宅院的居民,虽说住进了自成一体的单元楼,但仍然怀念过去那种住在大杂院里的亲密和谐的邻里关系,因此都有意识地把互相串门拉家常、一人有事大家帮的好习俗带到小区里来了。

居民们一听说刘龙彪去世,都纷纷涌

向小区管委会，商量着如何给死者办后事。

众人拾柴火焰高，大家有钱的出钱，有力的出力。很快，一个既文明节俭，又热闹庄重的治丧方案就敲定好了。

上午九时，刘龙彪的爱人陈端芬一听到门铃声，就去开门，见一群人抬着花圈肃穆地伫立在门口，她感到十分不解和吃惊："你们——这是？"

管委会康主任代表大家把来意说明："陈端芬同志，请您务必节哀。我们对刘龙彪的不幸逝世感到无比的痛惜……"

"什么什么？刘龙彪死了？谁说的？"陈端芬不由惊愕地瞪大了眼睛。

"陈大姐，刘大哥也是我们小区大家庭中的一员嘛，你家的事也就是我们大家的事。这种事都发生了，我们大家伙理应来帮帮忙，你不要有什么顾虑！"人群中一位热心人开导起陈端芬来。

"胡扯！我家龙彪活得好好的，他什么时候死了？你们咋能够这样咒人？"陈端芬怒视着人群。

怪了，刘龙彪没死，咋又会传出他去世的消息？众人感到不解，不知道该信谁的。

康主任觉得这事来得蹊跷,她看看陈端芬一脸怒容,也不像装出来的。为慎重起见,她赶紧叫退了众人,只挑了两个代表,进到陈端芬的家里,准备把事情弄个明白。

陈端芬怒气冲冲地质问:"呃,康主任,我家龙彪脾气是暴躁,又爱讲点歪理,平时得罪过不少人。可是,他再有不是,大家伙批评他就是了,咋能这样狠毒阴损,咒他死了呢?"

康主任急忙解释:"陈大姐,话可不能这样说,我们大伙到你家来,确实是出于一片好心。这里面可能有一些误会。嗯,你家龙彪呢?他到哪里去了?赶快与他联系联系!"

陈端芬这才想到,只要找到龙彪就是最好的证明:"他天不见亮就出车去了,莫非……莫非他在外出事了?"陈端芬随即拨打丈夫的手机,手机通了,可没人接。这可不是个好兆头,陈端芬这下也慌了神。

陈端芬仍觉得不对劲:"康主任,你们是什么时候听到这个消息的?"

康主任答道:"昨天晚上呀!"

陈端芬发现了问题:"这就不对了,昨天晚上龙彪待在家里好好的呀!今天早上他是活蹦乱跳出的车,龙彪没事,肯定没事！一定是有人憎恨他，捏造假消息，诅咒他快死！康主任，是哪个缺德鬼告诉你这个消息的？"

"你家的邻居文仕博呀，他可是个令人尊敬的文化人，怎么会说谎呢？他说这事时心情是很沉重的，而且还动了感情，他说我们大家都应该去送小刘一程。"康主任觉得问题不会出在文老先生身上。

陈端芬可不这么认为："是他，我知道，他和我家龙彪有很深的矛盾，他想咒死我家龙彪，很有这个可能。可我没有想到，这么一个知书达礼的人，怎么能搞这种恶作剧，干这么阴损缺德的事？"接着，陈端芬历数了文仕博对他家龙彪的种种不满。

她说："我家龙彪休息时就爱在小区里遛遛狗，这么好的环境，宠物也该和人一起来享受呀！可文仕博却要出面制止，说什么非典时期，大家都应注意环境卫生。咱家龙彪哪听得进他这一套说教，就针锋相对地和他吵了起来。他当然怀恨在心。"

她接着说道："龙彪在家里就爱来个劲歌热舞，就是看电视也要把音量开得大大的才觉得过瘾。文老先生真是咸吃萝卜淡操心，有时还要敲门来干涉，说这是噪声污染，影响左邻右舍的休息。

"我家龙彪就偏不认这个理,他横眉怒目地冲文仕博做怪相,不仅不收敛,反而把音响开得更响,跳得更来劲,气得文仕博见了我家龙彪就像不认识似的。"

陈端芬还听别人说,文仕博还把她家龙彪和山上的老虎、水潭中的蛟龙合称为"三害",说龙彪就是当代的周处,搅得小区的居民不得安宁。"文仕博恨不得把龙彪这个'害'除了,这是显而易见的。但你文老先生对我家龙彪再有意见,也不能出这个损招,发动小区的居民来为他这个大活人送终呀!"陈端芬说。

果真,一个多小时后,刘龙彪的电话就打回来了,证实了陈端芬的所言不虚。康主任知道这事闹大了,她也生气了:"陈大姐,这事太不像话了,等我调查清楚后,一定会给你个说法!"

傍晚时分,康主任领着文仕博登门赔礼道歉来了。此时刘龙彪已收车在家,面露怒色;陈端芬阴沉着脸,一语不发。双方沉默了一小会,康主任先来了个开场白:"刘大哥,陈大姐,这事纯粹是一场误会。文老师是听你家的朋友王富根说的,但到现在,我们还没找到王富根来对证。我们担心时间拖久了,你们会更加伤心,所以就先来向你们赔个礼。希望你们能够谅解,文老师确实是出于一片好心。"

文仕博接过话头表示歉意:"龙彪兄弟,事情的经过是这样的,昨晚我在外面亭子里歇凉时,王富根告诉我,说你遇车祸惨遭不幸。我听后感到意外,心下也想不可能,但考虑到王富根是你的朋友,又联想到我七点多从你家门口经过时,从你家传出很大的哀乐声,当时就信以为真了。

"龙彪兄弟,咱们打开窗子说亮话,咱俩虽说平时有些意见不合,但一听到这个不幸的消息,心中就啥疙瘩也没有了,总是想到死者为尊嘛。况且你这个人主流还是好的,是值得大家念想的,所以就决定要好好送你一程,以表示心中的怀念和歉意……

"这个不实的消息虽说是王富根告诉我的,但不管怎么说,我没有做进一步的调查核实就感情用事,给你们带来这么大的伤害,这都是我的错。在这里,我真诚地向你们赔不是,也愿意承担由此给你们带来的精神损失!"说着,文仕博立起身来,毕恭毕敬地向刘龙彪夫妇鞠了一躬。

康主任密切地注视着事态的发展,考虑着如果刘龙彪夫妻俩大发雷霆时该如何平息这场纠纷。谁知刘龙彪低垂着头，两眼噙泪，大步向前扶住了文仕博，心情沉重地说："文老师，康主任，没想到你们心中还有我刘龙彪，真的太意外了，太让我感动了！这件事你们做得对！你们做得多体面，多有度量！该道歉的，该悔恨自新的，是我刘龙彪，是我对不住你们！"

见刘龙彪说出这等话来，文仕博和康主任如坠五里雾中，连妻子陈端芬也弄不明白究竟是怎么一回事。

刘龙彪惭愧地解释说，他昨晚看电视剧时，电视里传来阵阵哀乐声。此时妻子提醒他，还是把电视音量关小声点吧，不然人家听到家中传出的哀乐声还会以为……

就是妻子的这句话给了他灵感。他想，我在小区里群众关系不好，如果我死了，恐怕连臭狗屎都不如，谁也不会来送我，冷冷清清一个人上路，那多悲哀啊！是不是真的如此？于是他眉头一皱，一个鬼点子就冒了出来：自己不妨"死"一次来试试。这"噩耗"由谁传出去最合适呢？思来想去，他选定他的朋友王富根，消息由他口中传出不由得人不信。他还特别关照王富根，他与文仕博是生冤家死对头，首先把这个消息传给他，看看他有什么反应。

谁知文仕博听到这个不幸的消息后,竟不计前嫌,还说他刘龙彪虽然脾气不好,但本质是好的,生时没与他好好沟通,他走了一定要好好送他一程。

他的"死"竟激起了小区居民这么大的同情心,人们照样怀念他这个满身是缺点的人。想想平时自己那么蛮横,那么不讲道理,事事跟人较劲,处处给精神文明模范小区抹黑,他心里觉得阵阵绞痛,真痛心疾首、悔不当初啊……

打那以后,小区里又多了一个讲文明懂礼貌的人,刘龙彪与文仕博成了一对最好的忘年交。

榨菜爱

海清涓

初夏，缙湖，第一次见到一袭浅蓝复古长裙的凌紫欣，何永庆五百多度的眼睛和一米七八的身子，同时直了。

大学城里美女如云，虎溪校区从来不缺美女，牵住何永庆目光和步伐的，除了凌紫欣清瘦精致的古典美，还有一袋半开着的涪陵榨菜。

纤纤玉指间，微皱的黄褐色榨菜丝，鲜着、香着、嫩着、脆着，熟悉到亲切，柔软到可爱。

"同学，你喜欢吃涪陵榨菜？"不善

言辞的何永庆，鼓起勇气靠近端坐在湖畔大青石上的凌紫欣。

"对呀，榨菜是紫欣最爱的零食之一。"凌紫欣身边的余又慧抢先回答。

"你……"凌紫欣娇嗔地瞪了余又慧一眼。

"零食，同学居然把榨菜当零食？"看看凌紫欣，又看看榨菜，何永庆扶了扶眼镜，继而吞起了口水。

"我什么嘛，你每周吃五袋榨菜，又不是腐败。"余又慧轻轻拍了一下凌紫欣的肩。

"又慧，你少来。"

"紫欣，我多来。"

"嘻嘻……"

"呵呵……"

凌紫欣和余又慧自顾自地打闹起来，不再理睬何永庆。

何永庆有些尴尬，退到木椅上坐下。一边用手机给戏水的黑天鹅拍照，一边偷看凌紫欣津津有味地吃榨菜丝。

当凌紫欣站起来，把空榨菜袋放进不远处的垃圾桶时，何永庆向凌紫欣道了一句谢："谢谢同学把涪陵榨菜当零食。"

"谢我？我吃榨菜，与你一点关系也没有呀。"凌紫欣一脸不解。

"榨菜大多用来佐餐、炒菜和做汤,把榨菜当零食,你是第一个。同学,加个好友吧!"何永庆不失时机地扬了扬手机。

"这……"凌紫欣一下愣住了。

"好的,马上加。"余又慧拉开凌紫欣的包,笑着掏出手机。

于是,何永庆和凌紫欣这对同时就读于重大的俊男靓女,便从校园路人成了QQ好友。

何永庆的QQ空间里,有很多关于涪陵榨菜的图片和消息,QQ签名也是关于榨菜的:"还有比涪陵榨菜更下饭的吗?"凌紫欣没想到,何永庆对涪陵榨菜的感情会比她更深厚。

大一时,偏胖的凌紫欣为了减肥,正餐吃得少,无聊时便嗑瓜子。瓜子嗑多了,宿舍遍地狼藉,舌尖肿痛起泡,苦不堪言。有次到超市买早餐,不知谁扔了一袋涪陵榨菜在她的篮子里。结果一吃就上了瘾,渐渐地,把涪陵榨菜当零食吃,成了凌紫欣的一种习惯。

因为榨菜,何永庆和凌紫欣聊天的时间越来越多。聊天的内容,大多围绕榨菜。从榨菜的历史渊源、产品特点到生产流程、原料栽培、加工营养,再到质量和销路,何永庆都如数家珍。

不知不觉，何永庆和凌紫欣相爱了。他们开始从虚拟的网络，到真实的线下约会了。

"永庆，你是什么时候喜欢上涪陵榨菜的？"有次在熙街看电影，凌紫欣一边吃榨菜，一边轻声问何永庆。

何永庆自豪地笑了笑："很早，一生下来就喜欢。"

何永庆是土生土长的涪陵人，吃着榨菜长大的。何永庆小学到大学的学费，都是父母用青菜头一棵一棵换来的。

不久后的一个周末，何永庆带凌紫欣回了趟涪陵。地处三峡库区腹地，位于长江、乌江交汇处的涪陵，是一座神奇的城市，号称"中国榨菜之乡"。陪凌紫欣游了水底碑林白鹤梁、"中国第一动感峡谷"——武陵山大裂谷、"世界第一人工洞体816核工程"等景点后，何永庆还特意陪她到涪陵榨菜集团股份有限公司转了转。

他们离开涪陵时，何永庆的父母装了很多涪陵榨菜在行李箱里，他们已经把凌紫欣当成准儿媳了。何永庆和凌紫欣也认定了他们的爱情，会从小校园延伸到大社会，会天长地久。情到浓时，何永庆说愿意为凌紫欣去北京，凌紫欣也说愿意为何永庆留在重庆。

可是，何永庆和凌紫欣没能逃脱毕业季分手的魔咒。毕业后，凌紫欣回了北京，何永庆则留在重庆进了一家普通国企。

毕业一别，这对曾经海誓山盟的恋人，再也没有联系过。当然，也不是不联系，而是凌紫欣的手机换了号，QQ头像再也没有亮过。

五年后的春天，在校友微信群，何永庆意外地遇到余又慧。得知何永庆一直单身，余又慧告诉他，凌紫欣也是单身，并拉他进了一个微信群。

"紫欣，我终于找到你了。"在微信群里看到凌紫欣，何永庆喜出望外，当下要加凌紫欣为好友。

"你在重庆，我在北京，这么多年了，都相安无事，找我干吗？"三个小时后，凌紫欣才同意添加好友。

"紫欣，选择留在重庆，我是有苦衷的，当时母亲突然旧病复发……"何永庆急急打字。

"我回北京，也是迫不得已。父亲早逝，母亲远嫁，我是奶奶一手带大的……"凌紫欣回复很快。

"紫欣，等着我，我马上写辞职申请。"何永庆干脆打开语音。

"不。"凌紫欣发了一个流泪的表情过来。

"为什么?"何永庆迫不及待地问。

"奶奶走了,去年冬天。"凌紫欣哽咽着说。

"紫欣,你来重庆吧。"何永庆脱口而出。

"看在涪陵榨菜的份儿上,可以考虑考虑。"凌紫欣柔柔地吐出一串字。

"榨菜万岁!"何永庆的心,差一点从观音桥蹦到两江新区。

雨天相亲

海清涓

连续一周的雨,弄得夏天不像夏天。

周末继续下大雨,母亲一早把我从床上叫起来,让我去相亲。

"微信联系多方便,还相什么亲,下着雨呢!"我一边穿衣服,一边小声嘀咕。

"男生要尊重女生,相亲要风雨无阻。"母亲笑着说。

"好的,尊重女生,风雨无阻。"看着母亲新长出的白发,我没有像往常那样说不,"不就是相个亲嘛,相就相吧,反正不一定会成。"

"其实，也不算相亲，你们在微信上聊过天，应该算是第一次约会才对。"母亲笑起来像一朵向日葵。

"好的，不是相亲，是第一次约会。"我顺着母亲的意思说。母亲和父亲离婚早，我和父亲没什么感情，母亲一个人把我拉扯大不容易，说话做事顺着母亲的心意，也算是一种孝吧。

相亲时间：上午十点三十分。相亲地点：新城人民广场水晶茶楼。相亲人物：程立帆和邓欣欣。

邓欣欣是母亲初中同学的侄女，在市里一家医院工作。我和邓欣欣周二加了微信好友，当然，是我加的她。毕竟，这种事，男生应该主动一点。和邓欣欣聊了两次，感觉还聊得下去。邓欣欣的头像是远景，长发长裙，一副标准淑女模样，身材还行，五官看不清楚。看不清五官也好，现在的女生，在微信上全是美颜照片，照片不可信，真人和照片的区别大着呢！

借口相上了中午要喝酒，我没有开车。在母亲的催促下，我于九点四十上了207路公交车。207路可以直达新城人民广场。

好几年没坐公交了，上了车，发现乘客很多。下雨天，走路的人少，骑自行车的人少，骑摩托车的人少，开车的人也少，挤公交的人当然就多了。

付了两元零钞，我把雨伞放在刷卡机旁边，挤到湿漉漉的车厢中间。过了一站，有人下车，我找到一个空位。不过，我坐下去的时候，感觉身下冰凉冰凉的，站起来一看，真是倒霉，座位上居然有一大片水。我悻悻地站起来，白裤子沾水，是件多么尴尬的事情。我用纸巾擦裤子上的水时，车窗边雨伞上的水，一滴一滴地滴在我的头发和衣服上，又一滴一滴浸到我的裤腿和鞋里。在拥挤的车厢里，我前进不得，后退不得，坐也不是，站也不是。我不由苦笑，雨天相什么亲，这么大的雨相亲，怎么可能成功。

207路每停一个站，都有人上车，也有人下车。上车的人，有的人直接把雨伞放在车门口，有的像我一样把雨伞放在刷卡机旁边，有的把雨伞挂在窗边，有的把雨伞拿在手上，有的把雨伞随便扔在地上。过道上乘客挤挤挨挨，雨水四溢，车厢里弥漫着潮湿的气息。

207路到青河小站时，下去一个胖胖的老太，上来一个瘦瘦的姑娘。

姑娘一上车，就吸引了不少人的目光。当然，也吸引了我的目光。一般姑娘是吸引不了我的，这姑娘有点另类。第一，这姑娘不像别的姑娘那样穿得短、透、薄，稍不注意就走光，姑娘浅蓝色的纯色连衣裙长至脚踝，性感而不暴露，既有现代美又有古典美。第二，姑娘皮肤白净，眼睛又大又亮，一头黑长直发披肩，刘海齐眉，化着淡妆，简单清纯。第三，姑娘刷了卡，从黑色背包里掏出一个白色长条形塑料袋子，将两折的雨伞放进袋子里，然后找了个靠窗的位置，戴上耳塞，安静地站着。

雨伞装进塑料袋子里，车厢就没水了。

下次坐车，我也带上塑料袋子。

这个方法很好，值得学习。

车上的人表扬起姑娘来。

有两个男人讨好地给姑娘让座，姑娘都客气地摇了摇头。

上上下下，又过了几站，不知不觉，我和姑娘挤到了一起。姑娘身上散发着淡淡的花香，不是黄桷兰香，不是栀子花香，像百合香，又像茉莉香，闻起来很舒服。我突然想到一个新词，养鼻。

姑娘戴着耳塞看着手机，我不能和姑娘搭讪。于是，我一手拉吊环，也一手掏出手机。

"立帆,到人民广场了吗?"母亲在微信上问。

"还没到,雨天公交上人多,车开得慢。"我回复。

"欣欣已经在路上了,第一次见面,男生应该比女生先到,不能让欣欣等你。"母亲打字速度挺快。

"知道,我会绅士一点,还有三个站就到了。"我发了个微笑。

跟母亲说了再见,我发现朋友圈有五个赞,打开一看,已经有十几个好友更新了朋友圈。

一分钟前,邓欣欣发了条说说和两张照片:"好久不坐公交,雨天公交车,发现水帘洞,早已湿身……"

看到似曾相识的照片,我马上写了句评论:"我也是好久不坐公交,看来,以后雨天坐公交,还得撑开雨伞才行。"

"你平时不是自己开车吗,怎么也坐公交???"邓欣欣发来三个问号。

"中午,想陪你喝一杯。"我发了一朵玫瑰。

"我又不喝酒。"邓欣欣发来一个白眼。

"我还有一站就到人民广场了,你什么时候能到?"我问。

"我也还有一站就到人民广场了,你说我什么时候能到?"邓欣欣发来一个调皮。

"你坐的哪路公交?我来接你。"我发了一个拥抱。

"207。"

207?我吃了一惊,赶紧往车厢里四下张望。

"你,是程立帆?"姑娘取下耳塞,轻轻柔柔地问。

"嗯。你,是邓欣欣?"我无比惊喜地点了点头。

这时,207路缓缓停下,人民广场站到了。

蓝美人

海清涓

"没有一百万,不要围着本小姐转,我这辈子是来人间享受荣华富贵的。"蓝美人的这句话,不知吓退了多少酷男帅哥。

蓝美人是二十年前天平镇上最美丽最骄傲的姑娘。

蓝美人本名叫蓝英玲,是我高中同学蓝英洁的大姐。

蓝美人的父亲是开公交车的司机,母亲是车上的售票员,家中除了蓝英洁还有一个妹妹和一个弟弟。

蓝美人在天平镇中心开了家副食店,

副食店很小很小，小得坐在柜台里的人一伸手就能够取到货柜里的全部东西。

蓝美人很敬业，每天天一亮就打扮一新坐在柜台里，开始一天的工作。直到天黑镇上的人散尽，她才会收摊关门。

蓝美人的脸长得有几分像台湾美女影星林青霞，细看甚至比林青霞多几分妩媚。

蓝美人不但脸娇话柔而且心灵手巧，她织的毛衣那才叫绝妙，简直比别人在成都、重庆、广州、上海、北京那些大城市买回来的成品还要漂亮，还要精致。春秋天不热的时候，蓝美人就帮附近的人加工毛衣、围巾、手套。只要来店里买东西的人少，蓝美人一个星期织两件毛衣是常有的事。

蓝美人是天平镇上一道独一无二的靓丽风景，有许多小伙子走几十里山路赶一次场，仅仅就为看她一眼。更有趣的是，有个外地的很帅的男人路过天平镇，见到蓝美人居然站在她柜台前半天迈不开步子。

莫说男人对蓝美人着迷留恋，连我这个被公认为班花的女高中生也对她羡慕不已。蓝美人真是太美了，上苍太偏爱她了。一头乌黑发亮的长发柔柔地披在肩上，一年三百六十五天化着浓妆，一年三百六十五天穿着鲜艳的长裙，一年三百六十五天端坐在柜台里自信地微笑。蓝美人这样的美丽姑娘应该生活在成都、重庆、广州、上海、北京那些大城市或者天上才合乎情理，天平镇上的人都这么说。

蓝美人二十四岁生日那天，碰巧是星期天，蓝英洁邀请我去了她们家。

晚上，我们唱着生日歌，吹生日蜡烛时，蓝美人依然端坐在一旁，安静得像一尊绝美的雕塑。睡觉的时候，我看见蓝美人被蓝伯母抱着上床，不由在心里偷笑，蓝美人这么大的姑娘了，还趁着过生日的机会向母亲撒娇。

第二天天还没亮，起床喝水时，我又看见蓝伯母把蓝美人从床上背起来。

"英洁，你大姐怎么总要你妈妈抱和背呢？"回到床上盖好被子，我不解地问蓝英洁。

蓝英洁叹了口气，告诉了我一个让人伤感的秘密。

原来，蓝美人十五岁到县城报考艺术学校时，为了捡一朵心爱的头花被汽车压断了双腿，蓝美人从此失去了走路和上学的机会。为了不拖累别人，蓝美人决定此生此世不谈婚论嫁，她挣的钱除了正常开支，其余全部存进银行。蓝美人有两个打算，一是准备收养一个被父母抛弃的女婴，二是准备在天平镇上开一家美容院。蓝美人说女人没有健康的身体和浪漫的爱情是遗憾的，唯有快乐工作、善良美丽才能弥补这种遗憾。

上完大学参加工作后，由于忙工作，忙恋爱，忙结婚，忙孩子，我很少回天平镇。

前几天回天平镇参加一个高中同学的生日宴，我特意去了"蓝美人"美容院。蓝美人比以前更美丽更自信了，她的女儿蓝云朵像只可爱的花蝴蝶在美容院门口跑来跑去。

八月桂花香

海清涓

　　从火锅店出来,斜撑着雨伞的表妹脸颊有些湿润,分不清是雨水还是泪水。

　　今天是一年一度的中秋节,小吴说好要到萱花路来陪表妹一起过。可是,表妹和姑妈、姑父在火锅店从黄昏等到晚上,小吴挺拔的身影都没有出现。

　　小吴和表妹是大学同学。大学毕业的时候,小吴主动到偏远的乡镇派出所工作,表妹则在城里当起了白领。漫长的三年,除了节假日,两人见面的机会很少。上个月小吴从乡下调回城里,姑父才勉强同意他们的恋情,姑妈一直说当警察没有多大前途,多次劝表妹跟小吴分手,重新找个有车有房的成功人士。小吴今天的失约,惹恼了姑妈姑父,他们当众提出不跟小吴分手就不认表妹这个女儿的苛刻要求。

走到名豪转角处,表妹摸出手机,再次拨打小吴的手机,还是无人接听。表妹恨恨地在手机上写了条短信:伟大的警察同志,我们分手吧!

正要按发送键,一个胖胖的中年女人,在表妹耳边大声叫喊:"桂花,桂花,香飘百家。"

"好香的桂花,多少钱一串?"看到一堆浅黄色香气四溢的桂花,表妹停止发送短信,问道。

"妹儿,你是买来戴,还是买来吃?"女人说着,左手提起一串桂花,右手指着背筐。

表妹接过那串桂花嗅了嗅,惊讶地问:"大姐,桂花还可以吃呀?"

"当然啰,做桂花糕、泡茶、泡酒都可以。吃的桂花卖两数,戴的桂花卖串数。"女人热情地解释。

表妹把手机放进包里:"喝了桂花泡的茶和酒,有什么好处?"

"喝了桂花茶，治牙痛；喝了桂花酒，治咳嗽。"

表妹把桂花挂在脖子上，问："多少钱一串，多少钱一两？"

"一串两块钱，一两六块钱。"

表妹低头选起了桂花，说："五块，我买三两。"

"你买了戴的，又买吃的，好，就五块卖给你。"女人从背筐里抓起桂花，放到天平上称了称，"三两，旺翘翘的。"

女人用红色塑料袋子把桂花装好，放到一边。收钱的时候，一个崭新的MP4从上衣口袋里掉了出来，女人急忙捡起来，心疼地吹了又吹。

"大姐，你还挺新潮的嘛。"表妹不由得想笑。

"不是我的，是儿子的。儿子考上永中，派出所的吴同志奖励给他的。"女人骄傲地将MP4放回上衣口袋。

"吴同志，是不是上个月才调回城里的那个？"表妹一惊，雨伞差一点滑落。

"你……你认识吴同志？"女人有些意外，仔细地看了看表妹。

"没有，我不认识他。"表妹扶正雨伞，提起桂花，快步向前走。

"妹儿，我不收你的钱。"女人追上来，把钱还给表妹。

"为什么?"表妹感到很奇怪。

"我想起来了,你是吴同志的女朋友,一年半前,我在吴同志的办公室看到过你。"女人憨笑着说。

表妹愣了愣,问:"你和小吴很熟悉?"

"小吴是我们家的恩人。"女人点点头,"以前我和老公在城里打工,儿子在乡下不听话,是吴同志把他引上正道,他才考取永中的。"

"你儿子在永中读住校?"表妹小声问。

"没有,读走校,我们在文曲路租了房子。以前我天天晚上都要去学校接儿子。现在晚自习下课后,学校附近有警察在义务巡逻,我不用接儿子,就可以安心做生意了。对了,儿子说,昨天晚上还看到吴同志在巡逻……"

"晚自习放学是几点?"表妹打断女人的话。

"九点四十。"女人用手拂了一下湿漉漉的头发。

"大姐,我要到永中去。"表妹看了看手机,紧走几步。

"妹儿,吴同志在小南门那一段巡逻。"女人欢喜地说。

"好的。"晶莹的泪珠在表妹眼里滚闪。雨幕中,桂花的香味,越来越浓……

春湖家政

海清涓

邓春萍从丝厂下岗后,在家里当了几年家庭主妇。三个月前丈夫病逝了,邓春萍不得不走出家门,帮人守起了学校门口的小超市。

这天晚上,老板趁老板娘和另外两个员工不在,对邓春萍动手动脚,色眯眯地说只要邓春萍答应做他的情人,保证让她母女俩衣食无忧。邓春萍又羞又气,给了老板一记响亮的耳光,然后捂着脸,冲出了小超市。

好不容易找到的工作就这样丢掉了,

走在长长的街上,邓春萍忍不住泪雨纷飞。吃低保的名额已经让给了别人,没有文凭没有本钱,邓春萍不知道以后的日子该怎么过。如果不是为了八岁的女儿,邓春萍真想闭着眼睛往长江里跳。

深夜十二点半,哭够了的邓春萍急急忙忙往家里赶。刚走进楼下的小巷,一个男人幽灵般从黑暗中窜出来,手持尖刀,恶狠狠地低吼:"站住!"

"你……你要做啥子?"邓春萍吓了一大跳。

"把钱拿出来,不然老子对你不客气!"

知道有人抢劫,邓春萍反倒不害怕了。把心一横,伸长脖子说:"要钱没有,要命一条,你有种就一刀把我杀了,省得活在这个世上受这样那样的罪。"

"想不到,第一次出来抢,就遇到个不怕死的大姐。"男人悻悻地收起刀子,伤感地说女朋友嫌他没有正式工作,跟大款跑了。

"你不要跟我诉苦,我还有一肚子苦找不到人诉呢!"邓春萍气呼呼地向前走。

男人却像遇到了多年不见的亲人,跟在邓春萍后面,酸甜苦辣一股脑儿往外掏。于是，邓春萍知道了这个没有经验的抢劫者叫郭湖军，是农村出来的贫困大学生，今年二十三岁，比她小了九岁。

不知不觉走到小巷尽头，邓春萍要上楼了，郭湖军才磨磨蹭蹭地离开。

"大姐，同样是生活在社会底层的人，你又有胆量，不如我俩联手干。"走了几步，郭湖军退回来说。

邓春萍的脸色变得很难看，冷冰冰地说："除了抢劫这种见不得人的勾当，你就没有其他别的啥子本事了？你这样自甘堕落，哪个对得起供你读大学的妈老汉儿？"

郭湖军的脸一下子红了。他是从偏远农村出来的，虽然有一肚子学问和一身力气，但是没有用，他总找不到合适的工作。

考虑到工作不好找，做生意又缺本钱，邓春萍建议郭湖军去当钟点工。

"一个堂堂大学生去当钟点工，你叫我面子往哪里搁？"郭湖军几乎是冲邓春萍吼。

邓春萍面无表情地说："大学生？大学生有啥好稀奇嘛！当钟点工总比你去偷去抢好。一个正正当当赚钱的人，才有资格谈面子。"

"我们合伙开个家政公司还差不多。"郭湖军说得很小声。

"如果有钱开公司,我就不会深更半夜一个人在外面怄气了。"邓春萍没好气地瞪了郭湖军一眼。

在邓春萍苦口婆心地劝说下,郭湖军结束了东游西荡的无业生涯,第二天便跟着邓春萍到别人家里当起了钟点工。

两年后,邓春萍和郭湖军用赚来的钱,在市区开了家名为"春湖家政"的家政公司。家政公司联系了八个小区的六千多户人家,生意十分红火,几个工人忙不过来,他们又招聘了一批下岗工人。

四年后,邓春萍和郭湖军分别在城里买了宽敞的小区房,邓春萍嫁了个儒雅深沉的历史老师,郭湖军娶了个漂亮时尚的城里女孩。

郭湖军的儿子蛋蛋做满月酒那天,妻子提出跟邓春萍分开干。

郭湖军坚决不同意,说邓春萍是他的亲姐姐。

"你明明是独子,哪来的姐姐,你是不是喝醉了酒胡乱说哟!"妻子气得绣过的眉毛倒竖起来。

"这个姐姐不是妈老汉生的,是老天爷送的。我身上长瘤的时候,姐姐不用刀不用药,没动手术就切除了我身上的瘤……"郭湖军含着泪花,把他和邓春萍从相识到共同创业的经过说给妻子听。

知道了事情的真相,妻子泪流满面,抱起蛋蛋,感激地向邓春萍这位大恩人敬酒。

邓春萍喝完酒,接过蛋蛋亲了一口,感慨地说:"湖军同样是我的恩人,没有他,也就没有我邓春萍的今天。"

"咯咯……"依偎在邓春萍怀里的蛋蛋,甜甜地笑了。

四根灯管

海清涓

修好有声无图的电视,金林钢就接到妻子的电话,说是家里来了客人,让他早点关门回家吃晚饭。

放下电话,金林钢用肥皂把黑糊糊的手洗干净,清点好钱包里的钱,收拾好摆在门口的小电器,掏出钥匙,伸手往下拉半旧的银色卷帘门。

"师傅,等一下,不要关门,我要修烤火炉。"一个四十多岁的胖女人,手里提着一个淡黄色长方形的烤火炉,风风火火跑了过来。

金林钢接过烤火炉,看着手上的钥匙,客气地对胖女人说:"大姐,真不巧,家里来了客人,你明天上午来取烤火炉吧。"

"家里的月母子等着烤火,师傅,请你马上修一下。"胖女人走进维修店,赔着笑脸,态度十分坚决。

金林钢有些不情愿地将烤火炉放到办公桌上,用万能表测了测烤火炉的电源,一脸无奈地说:"灯管坏了,灯管昨天上午换完了,全城都没有货,你最好去买个新的烤火炉。"

"商场里能取暖的电器早卖光了,特大暴风雪阻断了交通,进城的路都被封锁了,送货车进不来。师傅,请你帮个忙,没有新灯管,用旧的代替也行。"胖女人搓搓手,跺跺脚,显得十分焦急。

连续十几天的雨雪低温天气,给金林钢的电器维修店带来了好运。十几平方米的电器维修店,仅修理烤火炉的收入,一天就是两百多元。金林钢盯着胖女人的烤火炉,眼珠转了转:"大姐,如果你肯多出一半的钱,我就把家中烤火炉的灯管取下来换给你,四根灯管收你四十元钱,你看怎么样?"

胖女人呼出一口热气,四下看看,无奈地点着头:"可以,这么冷的天,月母子没有烤火炉会冻出毛病来的,多花点钱没关系。"

金林钢安排好胖女人，骑着半旧摩托车离开了维修店。大约十分钟后，金林钢拿来四根半旧的灯管。

金林钢跳下摩托车，胖女人赶快迎了上去："师傅，麻烦你动作快点。"

金林钢点点头，用梅花起子拆开烤火炉的外壳，用钢丝钳拔，用电烙铁焊，用黑胶布缠，很快就换好了灯管。

试亮了烤火炉的四根灯管，胖女人付钱给金林钢的时候，一个二十多岁的男青年冲进维修店，一把推开胖女人："张阿姨，多少钱，让我来。"

"不，收我的钱，我这个是零钱。"胖女人用手拦住男青年，高高举起手上的四张十元钞票。

"师傅，不要收她的钱，你找不起的话，我改天再来拿。"男青年说着，从身上掏出一张崭新的百元钞票。

看着胖女人和男青年争着要付修烤火炉的钱，金林钢一时不知道该收谁的了。金林钢缩回手，忍不住问了一句："这是谁家的烤火炉，你们为什么要抢着付钱？"

男青年挤到前面，把钱递到金林钢手中，大声说："烤火炉是我们小区吴姐家的，张阿姨免费照顾吴姐坐月子，修烤火炉的钱，理所当然由我来付。"

胖女人提高了声音："你没回四川老家陪父母吃团圆饭，就是为了接小吴母子出医院，我不能让你出了力又花钱。"

金林钢摸了摸钱，将钱放进钱包，一边找零钱，一边好奇地问："姓吴的女子是你们什么人？"

"小吴的丈夫是电力公司的职工，到雪灾重灾区抢修电路去了。小吴是外地人，保姆嫌照顾月母子累找轻松活儿去了，她生了孩子行动不方便，我们这些街坊邻居不能丢下她不管呀！"胖女人接过六十元钱，又添上手中的四十元钱，放到男青年裤袋里。

男青年提着烤火炉到门外等出租车时，从裤袋里掏出四十元钱还给胖女人。胖女人愣了一下，又将四十元钱塞到了男青年的裤袋里。

"哎呀，你们不要争了，修这个烤火炉，我不收钱。"关好卷帘门，金林钢迈着大步走了过去。

"师傅，你不收我们的钱？"胖女人和男青年停止了争抢，吃惊地盯着金林钢。

金林钢打开钱包，将两张二十元钞票放到男青年的上衣口袋里："小吴的丈夫为了灾区人民，舍下坐月子的娇妻和刚出生的爱子，不顾生命危险在抗冰保电第一线战斗。我还在乎这区区四根灯管，这区区四十元钱吗？"

在胖女人和男青年充满敬意的注视下，金林钢戴上安全帽，跨上半旧的摩托车，随着一股浓烟，突突突，突突突，消失在漫天风雪之中。

硬板床的误会

海清涓

第一次到儿子城里的家,梁大妈手脚都不知道该怎么放了。浅绿色的地板干净得可以照出人的影子,整洁的茶几上摆放着叫不出名字的新鲜瓜果。放好两大包土特产,儿子、儿媳跟梁大妈寒暄了几句,便先后进厨房帮忙了。

亲家公和小两口在厨房里忙碌,亲家母带着孙女到外面取蛋糕还没回来。梁大妈初来乍到也帮不上什么忙,只好独自坐在淡绿色的布艺沙发上,看起了电视。

电视里正在播放城里媳妇和乡下婆婆

吵架的场景，媳妇骂婆婆没给钱买房子，没帮她带孩子，说以后婆婆老了她不管。梁大妈看了，心里有些不舒服，赶紧用遥控器换了一个台。儿子争气，找工作、娶媳妇、生孩子、买房子，都没有跟梁大妈老两口要过一分钱。买房子的首付是儿媳娘家出的，孙女也是外公、外婆在带。儿子从儿媳娘家搬到新家快两年了，梁大妈从来没去过。这次孙女三岁生日，儿子打了几次电话来请，梁大妈才同意进城里来。

　　对家庭条件好的城里媳妇，梁大妈从来不希望她对自己好，只要儿子能过上好日子，她就知足了。

　　看了一会儿电视，梁大妈站起来，从客厅走到阳台，阳台上的花品种很多，很鲜艳很漂亮，让人赏心悦目；转身来到主卧室，一张木质大床摆在屋子中间，桃红的床单，桃红的被子，跟电视里有钱人家一样气派豪华。儿子有福呀，梁大妈的心里呀，简直乐开了花；到次卧室的时候，看到海蓝色卡通图片的床单和被子，想到小孙女躺在床上的可爱样子，梁大妈差点笑出了声；走进客卧兼书房，梁大妈不由呆住了，又小又窄的竹板床上没有床单，没有枕头，只有一床紫色碎花的被子整齐叠在床左边。

梁大妈委屈地想：这床一定是儿子和儿媳给我准备的。当初真不应该同意儿子娶城里的儿媳，她也不想想，我一把老骨头了，怎么能睡这光光的硬板床。辛辛苦苦拉扯大的儿子，居然听任儿媳让亲妈睡这样的硬板床。我在乡下穷点苦点，晚上睡的也是舒适的软床，唉，娶了媳妇忘了娘！

梁大妈越想越难过，收拾好行李，准备回乡下。

梁大妈到了门口，觉得这样不声不响走掉不太好，无论如何要跟儿子打声招呼才走。

梁大妈鼓起勇气走到厨房门边，正要推门进去。

"小雅，今晚怎么睡？"传来儿子的声音。

"妈难得来一次，让她睡主卧，你睡沙发，我还是跟平常一样睡书房的硬板床。"儿媳小声说。

硬板床是儿媳睡的，原来是一场误会，梁大妈暗自庆幸自己没有悄悄走掉。放回行李松了口气，梁大妈突然又有了更大的担心。小两口年纪轻轻就开始分床睡，是不是他们的感情出了问题？

儿子问："睡硬板床真有作用？"

"嗯，给我做理疗的王医生再三强调，不能睡软床，一定要睡硬床。"儿媳回答。

亲家公一边切菜一边说："坚持睡硬板床，健身又治病。这颈椎病和腰椎病，光睡硬板床还不行，要我说呀，还得少坐多站，多走多运动多锻炼才是。"

"我知道，爸爸你不要太担心了，我这是职业病，我们单位有颈椎病和腰椎病的人多着呢。"儿媳一副不以为然的样子。

原来又是一场误会。梁大妈抹了抹眼角的泪水，轻手轻脚退到沙发上，坐下来虔诚地闭眼合掌："求菩萨保佑，保佑小雅的颈椎病和腰椎病早点好。"

敲门

海清涓

王成安下夜班回家，发现三岁的孙子阳阳独自坐在沙发上看动画片，玩具胡乱地散在沙发和地板上。

这套装修得挺气派的三室两厅，是在深圳打工的儿子儿媳按揭买的。搬进新家快三年了，家里一直都收拾得干干净净。今天家里乱七八糟的，王成安感到奇怪。

"阳阳，你奶奶呢？"王成安抖了抖伞上的水，不高兴地问了一句。

"在睡觉觉。"阳阳用小手指了指后面，继续看动画片。

王成安换上拖鞋直接向主卧室走去。推开主卧室的本色木门，王成安如同遭雷击了一般，呆住了。妻子李素容披头散发地瘫坐在木地板上，右手紧紧按住腹部，左手捂着嘴小声呻吟。

"素容，出了什么事？你怎么了？"王成安吓出一身冷汗，连忙冲上前，将李素容抱到床上。

"肚子……痛。"李素容的眼泪，哗啦啦流了一脸。

"哪个位置痛？肚子痛你应该给我打电话，我好给你买药回来。"王成安坐在床沿上，给李素容理头发。

"肚脐眼四周……右边下腹……都痛。"李素容说话有些吃力。

"痛了多久？"

"有半个多小时了，开始痛得轻些。"李素容抽泣了一下，"以为在床上躺会儿就会好，没想到……会痛得这么厉害，不能站……不能躺……"

"什么怪病，你是不是乱吃东西了？"王成安皱着眉头问。

"没有……哎哟……"李素容发出一声痛苦的呻吟，从床上滚到了地下。

"越来越痛……比生孩子……还痛……哎哟……哎

哟……"李素容抱着肚子,跪在地上大声呻吟。

五十多岁的李素容,前几年才从农村进城,身体一直很好,平时几乎没有生过什么病。这次突然肚子痛,看样子不是小病。

"素容,忍着点,我送你去医院。"王成安急得背起李素容,就往门外冲。

"奶奶,爷爷,你们去哪里?我也要去。"阳阳哭着追到门口。听到阳阳的哭声,李素容不肯随王成安下楼了。

"阳阳这么小,到医院走丢了怎么办?还是留在家里安全些。他哭累了,自己就会睡的。唉……"王成安叹了口气。

"成安,你找个邻居,帮忙照看一下阳阳。"情急之下,李素容想到了向邻居求救。

"可是我们跟邻居平时没有来往,人家根本不认识我们,突然去找人家帮忙,又这么晚了,人家会答应吗?"王成安连连摇头。

"放我下来,不把阳阳安排好,我宁可痛死也不到医院。"李素容坚持要让王成安去找邻居帮忙。王成安只得把李素容放到沙发上,鼓起勇气往对面的5-1室走去。

王成安轻轻敲了敲防盗门。很快,门开了。一个中年胖女人打着哈欠问:"你是谁,你找谁?"

"我是对面的邻居,家里出了点事,想请你帮个忙。"王成安赔着笑脸说。

"家里只有我一个人,不方便,你找别人吧。"胖女人"啪"的一声关上了门。

王成安点燃一支烟,又走向左边的5-3室。王成安轻轻敲了敲防盗门。门开得很慢,行动迟缓的干瘦老头没好气地说:"深更半夜的,都睡觉了,你敲我的门干什么?"

"我是5-4室的邻居,家里出了点事,想请你帮忙照看一下三岁的孙子。"王成安赔着笑脸说。

"我有白内障,看东西模糊,照顾不了这么小的孩子。"老头无奈地摊了摊手。

望着5-2室的防盗门,是敲还是不敲,王成安有些犹豫。听到屋内李素容断断续续的呻吟声和阳阳时高时低的哭泣声,王成安决定最后敲一次邻居的门。

"请问,你是谁,你有什么事吗?"开门的是年轻漂亮的女子,穿着时尚华贵的睡衣,她惊讶但礼貌地问。

"我是5-4室的邻居,老婆得了急病,我要送她到医院,想……想请你帮忙照看一下孙子。"王成安愣了愣,明显说得很没底气。

"好的,孩子由我来照顾,你们放心去医院吧。"女子很干脆地点了点头。

王成安回家叫阳阳时,5-2室的女子披着披肩走了过来,身后还跟着一个一边走一边穿衣服的帅气男人。

"很晚了,又下着大雨,路上不好叫出租车,我开车送你们去医院更方便。"男人扬了扬手中的车钥匙。

"这……"王成安张大了嘴巴。王成安不敢相信自己的耳朵,使劲用手掐了掐自己的大腿。

远亲不如近邻。背李素容下楼的时候,王成安想起了一句在电视里看到的话。

远离稼穑

刘学兵

农民工汪小凡大体上是这样回的家：那是一个星期天，他费了好大的劲儿才赶到长途汽车站，人太挤，他没有办法挤上去，就从车窗外把一个脏兮兮的蛇皮口袋塞了进去。蛇皮口袋"扑"的一声，正好落到一个座位上。然后，汪小凡跟在人群后面，一边往车上挤，一边放开他那酷似女人的声音大叫，"那个座位是我的，那个座位是我的。"汪小凡的声音很有穿透力，透过密密匝匝的人群一直落到了他的蛇皮口袋上，好像这个座位已经就在他的屁股底下了。当汪小凡像在工地上那样，自信地挤到那个座位面前的时候，顿时傻眼了。那个蛇皮口袋可怜巴巴地躺在过道里，一副委屈的样子。

旁边的座位上坐了一个彪形大汉，屁股大得有些离谱，两个人的座位差不多让他一个人霸占了，那堆肥肉软瘫在座位上，水一样荡来荡去。彪形大汉玩着手机，看也不看汪小凡一眼。汪小凡不知道自己刚才把蛇皮口袋究竟丢到哪个座位上，有些发愣。他四下看了看，发现每个座位上都坐着人，年老的正准备打瞌睡，年轻的一个个都盯着手机，眼珠子都快滚落到手机屏上去了。汪小凡费了一番力气却没有坐到座位，心里憋屈，就在旁边骂骂咧咧，唾沫星子满嘴乱飞，一股难闻的口臭弥漫在汽车狭小的空间里。

汪小凡在车里前后走了一趟，最后还是来到他那个蛇皮口袋旁边，一双狐疑的眼睛把彪形大汉上上下下打量一番。那个彪形大汉的眼睛本来是在手机上的，这时候突然把目光从手机上移开，直直地盯着汪小凡，目光迎着汪小凡的目光"刷刷"就冲了上去。汪小凡没有想到他会冷不丁来这么一下子，吓了一跳，来不及避开对方的目光，嘴边的话就"咕咚"一声随着口水咽了回去。

汽车"嗤"地吐了一口气，慢慢爬行起来，很快就到了一个车站。彪形大汉身边那个乘客正好下车，汪小凡心不甘情不愿地坐到他的身边。汪小凡一坐下去就觉得跟站着差不多，甚至比站着还难受一些。彪形大汉的屁股挤过来，把汪小凡挤得差点没位置了。

汪小凡侧了侧身，嘴里还在叽叽咕咕地数落坐车的人素质差，明明是自己的座位，个个跟强盗一样，眨眼就抢走了。

彪形大汉眼睛盯着自己的手机屏幕，目不斜视，说，你的口水飞到我的脸上了。

汪小凡说，不会吧，那么远，你当是飞刀啊！

彪形大汉说，不信你看看。

汪小凡说，我不看，干脆你就往我的脸上吐口水。

彪形大汉作势张嘴。汪小凡赶忙用胳膊挡住，脸上堆满了笑容，说，打住，打住，开玩笑的开玩笑的。

彪形大汉鼻子里哼了一声。

汪小凡小声说了一句，无赖。

彪形大汉眼睛一瞪，你说啥？

汪小凡说，没说啥。

彪形大汉说，我听见了，你说哪个是无赖？

汪小凡说，我说我爹是无赖。

彪形大汉鼻子里又哼了一声。

汪小凡说他爹就是典型的无赖，典型的流氓地痞，典型的家长作风，硬是要赶他出门去打工。村里开发之前，汪小凡一直在外面打工，填饱肚子后，整天挖空心思就想着怎么能挣到钱。后来村里开发了，汪小凡就回来待在家里不出门。汪小凡的爹说，年纪轻轻的在家做啥？你以为你是富人家的少爷呀，去打工吧，挣俩钱算俩钱，总比待在家里坐吃山空强。汪小凡不出门，他爹就整天拿脸色给他看。汪小凡架不住他爹那张老脸，终于答应出门打工。

这回出门和从前出门的心态完全不一样，从前每走一个地方汪小凡都小心翼翼，生怕把饭碗砸了。现在汪小凡出门，脸上挂着一种蔑视，走路迈着方步。每走一个地方，他都有一种底气，一种阔气。每到一个工地，主管一般会问他，你能干哪些活儿？汪小凡回答很绝，说自己一是不会做什么什么，二是不会做什么什么，三是不会做什么什么。主管打断他的话说，行了行了，你不必说四是五是六是，直接说你会做什么。汪小凡说，我会数钱。主管说那是出纳的事情。然后，汪小凡就继续去下一个地方，下下一个地方，走得洒脱利落，走得气定神闲。汪小凡在整个城市里装模作样地待了几天，就给他爹打电话，说没有适合自己的工作。汪小凡他爹骂了一句狗东西，就默许他回了家。

就这样，汪小凡和那个彪形大汉一路摇摇晃晃地回了家。

直到汽车停到他们住的小区门口，汪小凡才知道，彪形大汉和自己其实就住在一个小区里面。

这个小区的业主，怎么说呢？姑且就叫业主吧，都是从乡下搬来的农民。

汪小凡是，那个彪形大汉也是。

在没有搬到这个小区之前，汪小凡和这个小区的大多数业主一样，都是农民。进城打工之前，他们就在自己的那片地里忙碌，一年四季，一直就那么忙碌。雨天一身水，晴天一身汗。面朝黄土背朝天。种水稻、种小麦、种玉米、种高粱和大豆，还种蔬菜，南瓜茄子白菜莴笋什么的。甚至还有种烟叶的，叶子毛茸茸的，肥实，阔大，绿得都要滴出汁来。不过不能种来卖钱，政府有规定，不能大量种烟叶，也就是在房前屋后种几窝。用稻草扎的绳子把烟叶捆起来，挂在屋檐下晒干，再回润，捆成一个中间大两头小锥形的模样，保存好，留着自己慢慢抽。后来有些人出去打工了，男的出去，女的也出去，用各自的方式挣了不少钱。再后来呢，村子就开发了。开发商给了每个人一大笔钱，买走了山，买走了水，买走了地，还买走了每家每户的住房。土墙也好，砖石墙也好，小洋楼也好，开发商大包大揽，通通买了。村里人几乎什么都没有留下，只留下了钱。再再后来，村里人就用这笔钱到镇上买了房子。

　　从前不是邻居的，现在成了邻居。从前为一点小事而闹矛盾的邻居，本以为从此天各一方，老死不相往来，没想到现在依然是邻居。还有过去打过架的，现在鬼使神差地，也住到这个小区里来了，不是冤家不聚头，抬头不见低头见。偶尔遇到，彼此都失去了往日的锐气。一时的新奇与突如其来的富有，让人们产生了一种自发的宽容。总之，从前很少说话的，现在都在一起说两句了。从前陌生的，一年四季难得见一次面的，现在看样子会熟悉起来，来的时候碰了面，点点头，去的时候碰到了，也点点头，虽然不说话，但都知道那是在打招呼。从前熟悉的，现在就像树上熟透了的果子，熟得都快掉到地上了。从前交往深厚的，现在更加亲密无间。从前仇深似海的，时过境迁，现在都准备化干戈为玉帛了。大家心里都明白，从现在开始，一切都要和从前，和乡下，和乡下的那片地，那些犁耙，那些镰刀，那些锄头，那些猪牛羊，那些鸡鸭鹅，和满是鸡屎鸭屎鹅屎、臭得熏人的院子告别了，彻底告别了。

住进这个小区，就是生命中的一个里程碑。

谁说不是呢？

买房子那天，汪小凡他们一家人都去了。刚踏进客厅，汪小凡他爹就兴奋起来，他满脸泛红，不停地用手指指点点，絮絮叨叨地对汪小凡说，你们住那里，我和你妈住这里，春草住最小的那一间，这里可以吃饭，那里可以放一个凳子……他的话还没有说完，春草就大叫着不乐意，说她要最大的一间。汪小凡就说，要得要得，把客厅给春草住。一家人自顾说自己的，反而把售房部的几个美女冷落了。

汪小凡他爹在客厅转了一个圈儿，又到每间卧室转了几圈儿，本来是挂在嘴上的感叹和惊讶，变成了不停地在每间屋子里转圈玩儿，一句话也说不出来了。售房部的几个美女掩面而笑。汪小凡有些不好意思，拉了拉他爹的衣袖。汪小凡他爹看见几个姑娘笑弯了眉毛，连忙给脚下的转圈画了一个句号,嘴里连声称赞说好宽,厕所都是两个呢!汪小凡打断他爹的话说,还有更宽大的,你只怕没见过。汪小凡他爹说,要那么宽来做啥子呢?猪没有了,鸡鸭鹅没有了,没有犁耙、锄头、粪桶、扁担,又不堆放谷子、麦子,还要那么宽大做啥子啊?他不等汪小凡再说话,像将军一样果断地挥了挥手说,就是这里了。

汪小凡没有想到的是,他爹居然还买了一个门面,就在楼下,一抬头就能看见自家的阳台,除了被防盗网罩着,光秃秃的什么也没有。买门面汪小凡倒是没有什么意见,只是觉得地段不是那么理想,是所有门面中最偏僻的一个。

然而,让人大跌眼镜的是,汪小凡他爹选择的这个门面,几乎让所有的人羡慕不已:竟然在小区大门口。

小区的收尾工程完成后,承建方推倒了临时围墙,修了一个气势雄伟的小区大门,这个大门恰恰就在汪小凡他爹买的这个门面旁边,所有从小区里进出的行人和车辆,无一不从这个门面旁边经过。这个门面,简直就位于小区的黄金地段。门面还没有装修,就有人用高出原价一倍的价格要求购买。汪小凡他爹摇着头说,不卖不卖,我自己开店。

汪小凡他爹说到做到，果然开了一个店，就叫小区副食店。

小区副食店开张后，几乎人满为患。起初都是冷坐，话很少，大家屁股落到凳子上，大眼瞪小眼，然后就看缓缓停到站上的汽车，又看汽车远去后扬起的尘土。不知从什么时候，也不知是谁开了一个头，就喝酒了。客人屁股刚落到凳子上，就大大咧咧地叫汪小凡的爹勾二两白酒，白酒一下肚，话匣子就算打开了。首先就感叹遇上了好时候，本来以为这一辈子就在庄稼地里摸爬滚打，一身水一身泥，一身汗一身累，最后自己也变成泥土，让自己的子孙在上面种庄稼，哪料到还会离开庄稼地呢，更料不到会住进这高楼大厦里。你抬起头看看，说是三十多层呢，可是数来数去就是数不清，把头都仰到后背上去了也没有数清过。享福啊！再来二两酒，舌头就在嘴里捋不直了。接着喝酒人的话，大家免不了又要感叹一番。现在就是好啊，无论多大的露水，出门都不打湿鞋，再晚出门，都有路灯亮着，想走到哪里，就可以走到哪里，想怎么走就怎么走，不像在乡下，天一黑，便真的黑下来了，出门就得带着手电，深一脚浅一脚的，路边的野草老是来缠脚，不让人走路，没准儿还能从草丛里滑出一条蛇来，直溜溜往远处蹿去，吓得你脚都迈不开。

　　每天，太阳还没有出来，习惯于早起的人们就起了床，趴在阳台上朝一排亮过去的路灯望几眼，冷飕飕的风吹到脸上，心里不禁掠过从前某个早晨下地时候的情景，但片刻就消失了，就像在自己生命里消失的土地一样；然后回到屋里，可是，又实在不知道该做什么，在自己家里来回转了几圈，就来到小区门口，就来到小区副食店，坐下来，东拉一句西扯一句地闲聊起来。实在没有话说了，就把昨天听来的再说一遍，有时候，刚要开口，却忘了说什么，就望着不远处生硬泛光的公路发怔，傻了一般。

　　后来，汪小凡他爹不知道在哪里受了启发，在小店里摆了几张牌桌子。不到半个月，人们的注意力就集中到牌桌子上去了。

　　回家不到三天，汪小凡就和小区物管的保安吵了一架。

　　本来么，小区工程完工，物管进驻，收取物管费，用于小区的日常运转和公共设施维护，是天经地义的事情，也是合情合理合法的。可是汪小凡不干了。在农村生活了这么多年，种自己的地，住在自己的家里，前些年还要交乡镇统筹，现在不但不交了，要是种地，国家还倒给补贴。哪里还要收什么物管费呀，这不是乱收费吗？再说了，这房子是我们自己花钱买的，一个平方米一个平方米都是算清楚了的，几十万呢，从来没有听说住在自己买的房子里要交钱给别人的。

汪小凡他爹也吃不准这钱该收还是不该收，可是他不喜欢儿子一大早就在小区门口吵吵嚷嚷的，就叫汪小凡少说两句。

汪小凡说，我自己花钱买的楼房，凭什么要交钱给物管公司？

保安很冷静地给汪小凡解释，这钱是取之于业主用之于业主，今后小区的路灯坏了，要钱修，对吧？还有花草树木需要人来护理，要钱，对吧？垃圾车里的垃圾需要拉走，需要钱，对吧？这小区里地上的清洁需要人来做，扫帚一动，就要钱，对吧？收大家的钱，就用在那上面了，你说是不是取之于业主用之于业主呢？

汪小凡说，那个我不管，我只问你们的工资，谁给？

保安说，当然是物管公司。

汪小凡说，我们的钱交给物管公司，你们到物管公司领工资，说白了，领的还是我们交的钱。

保安说，这是我们劳动所得。

你们劳动所得？汪小凡冷笑，你一天坐在那里，屁股也不挪动一下，你那也叫劳动？上次小区里的摩托车一夜就不见了两台，还有五单元的门都让人给撬开了，那个时候你们在哪里劳动？小区去年年底接连进了两次小偷，把人家办喜酒准备的红包钱偷走了，案子至今未破。这事让汪小凡给端出来，本来理直的保安顿时就没有了言语。汪小凡还得理不饶人，说，我看啊，小区大门关得好好的，东西丢了，远处强盗近处脚，我看是有内鬼吧！

汪小凡他爹一看汪小凡越说越得意，气得胡子直发抖。他从店里几步跑出来，冲着汪小凡就是一巴掌，我叫你吵，我叫你吵。

汪小凡躲避着，大叫，别打了别打了。

不想这话被别人听到了，以为是小区保安在打人，一个个都来了精神，片刻就把小区大门口围住了。

夏天的太阳仿佛也被小区门口的吵闹吸引了，早早地从远处的山背后跳出来看热闹。汪小凡穿着一条宽大的短裤，两条腿从那少得可怜的布里面伸出来，显得清瘦无比。尽管才四十岁，但身上所有的肌肉已经不再饱满。尤其是那双脚，在看上去许久都没有洗过的拖鞋里显得极不精神，毫无生气，然而，那双脚却撒开十个脚指头，戳到那个发胖的保安面前，显得和他有理一样有力。

人们对小区的失窃本来就心生怨气，听汪小凡这么一说，都站在汪小凡一边，很多人都表示不会再交物管费了。没有交物管费的人听到这些话，心里更加坦然，更加庆幸，好比做生意赚了一大笔钱的人，面对亏了一大笔钱的人，心里既有同情，也有得意，还有炫耀。交了物管费的人不干了，大叫，那我们交了物管费的呢？怎么办？退吗？有人说只怕是退不了了。汪小凡家里也交了物管费，不过只交了半年，但是他心里依然不舒服。他对保安说，你等着，你等着。然后就跑回了家。不一会儿，他从楼上跑了下来，手里提了一袋垃圾，他将垃圾往小区门口一摔，说，我的钱不用退，以后我每天就把垃圾丢在这里，一直到年底，那样我们就两清了。说完，汪小凡趿着拖鞋，一路踢踢踏踏地消失在众人的视线里。

汪小凡他爹气得跺了一下脚，走过去把汪小凡扔的垃圾提到了垃圾桶里。

汪小凡带头拒交物管费的事情，越闹越大，不久就传遍了整个小区。大家一听说不交物管费，就像约好了似的，再

142

也不买物管公司的账。物管公司收不到钱，工作无法开展，小区就管不下去了，只好撤走了保安和清洁工。从那以后，小区的路灯坏了也好，垃圾遍地也罢，再也没有人来过问。

汪小凡他爹每天守着小区副食店，而汪小凡每天和几个男人就守着小区副食店的牌桌子。钱嘛，现在已经不是问题。买了房子，谁家里还没有个几万十几万的？牌桌子上的小打小闹，肯定输不完。玩牌的人都是有瘾的，只要一坐上桌子，差不多就是一天。

最开始，到了吃午饭的时候，汪小凡的老婆打来电话，说是吃饭。尽管是楼上楼下的距离，但是女人也懒得下来，也懒得在阳台吼一嗓子，她坐在沙发上，直接打汪小凡电话。大家手里正好抓了一手牌，来不及打完，都同意先吃饭，于是都把牌往身前扑倒，吃了饭再回到桌子上。

后来大家都嫌吃饭耽搁时间，都不回家吃饭。家里打来电话的时候，就敷衍一句，你们先吃。再打来电话，还是说，你们吃。家里继续打来电话，都不耐烦了，就说，已经吃了。

汪小凡最讨厌女人催吃饭的电话，不由分说，对着手机就是一顿臭骂。后来女人干脆不给他打电话了，任由他在牌桌上输输赢赢。

肚子饿了,汪小凡就冲他爹招手说,每人来一瓶啤酒,要冰的,打开,再要一袋水煮花生,钱算我的。

过了一会儿,见没有啤酒递过来,汪小凡就又吆喝一声,啤酒来四瓶,水煮花生一袋。

汪小凡他爹说,先给钱!

汪小凡就笑,爷俩的事情,就是左手拿到右手的事情,你的我的都一样,那么较真儿做啥呢?说着就拿起桌子上的一叠钱,飞一张到他爹手里。

先来啤酒,不用找钱。

啤酒来了,几个人拎起瓶子扬着脖子长长地灌了一气。

每天早上八点钟,汪小凡和一帮男人整齐地坐到桌子上,像上班一样准时。后来,男人们觉得白天时间太短,就延长了工作时间,说这叫加班。

不知什么时候,男人们开始彻夜不归。

这让女人们很恼火,不得不来到小区副食店把男人们押回家。这几乎成了女人们每天必须温习的功课。

女人们很给男人们面子,先是在牌桌子周围站着,一会儿这里看看,一会儿那里瞅瞅。但是她们都保持沉默。沉默有时候能催生一种气氛，紧张的气氛会更助长某些环境下的压力。但是，牌桌子上的男人们感觉不到压力。快到半夜了，他们依然兴致勃勃。女人们轻言细语地提醒男人们，收场得啦。男人们还是兴致勃勃。猛一看女人们脸色严峻，心里不免哆嗦一下，可是又实在舍不得手里的牌，就说，最后四把。

打完最后四把，男人们夺路而逃。女人们肚子里早就憋满了气，紧紧地跟在后面。

小区大门原来是有两盏很亮的路灯的，把整个小区门口照得一片雪亮。可是，不知什么时候，两盏路灯坏了一盏，小区门口就显得有些昏暗。几个人不声不响地走着。

远远近近的，居然有蛐蛐儿的叫声。听见脚步声，它们先是小心翼翼地试探了几下，似乎感觉到没有什么危险，便索性放开喉咙唱起来，那声音听上去比乡下的蛐蛐儿还要洪亮。它们也把家从乡下搬到城里了，住进小区，成了小区的业主，也兴奋着。夜早已淹没了一切，可是淹没不了它们的勤奋，它们卖力地唱着歌，把四周唱得越发的宁静。这夜的黑暗，想必是它们的繁华了。或许和人一样，生老病死，礼尚往来，或者，偶尔也来一点钩心斗角。

终于有女人忍不住了。

今晚要是我不来,你们几个只怕又要打到天亮才收场吧?

声音粗粝,一听就知道是汪小凡的老婆,只有汪小凡的老婆才敢这么对他说话。汪小凡不搭腔。女人更是来了精神,又踹了汪小凡一脚,钱呢?你赢的钱呢?拿出来看看。

汪小凡嘟囔着,打牌哪有不输钱的。

女人说,我就没有看见你赢过。

汪小凡小心翼翼,我赢的时候你没有看见。

女人又用脚踢汪小凡,你还有理了,我叫你整天打打打。

似乎是汪小凡走快了一些,女人的脚踢空了,这更令她愤怒,汪小凡!你给老娘站住!

四周显得越发的安静。女人嘴里吐出的每一个字就像钢镚一样滚落到地上,在小区的每一个角落里乱撞,仿佛不让整个小区的人听见,它就没有停止的意思。

不知谁家的窗户里传出了小孩子的哭声,有女人在哄孩子,可是又明显地压抑不住愤怒,终于有一句骂声从一片黑黝黝的高楼顶上滚落下来。

妈哟!深更半夜的,叫丧啊!

也不知道是从哪家窗户里窜出来的。

第二天,几个男人都没有回到牌桌子上,不用说,准是昨晚上吃了女人的亏。磨磨蹭蹭地过了半天，个个浑身都不自在，连说话都显得有气无力。到了第三天，汪小凡实在憋不住了，出了个主意，说是回老家钓鱼。

在没有搬迁过来之前，汪小凡的老家在一个小岛上，没有桥，没有公路，村里人进出只能乘坐渡船，交通很不方便。后来，小岛开发了，开始修桥，听说现在桥已经修好了，也不知道是不是真的。自从搬出小岛过后，他们还不曾回去看过一回从前那些熟悉的田地，那些树木，那些儿时走过无数回的小路。小的时候，汪小凡他们很少钓鱼，却经常钓青蛙。用一根绳子捆住一丁点金黄色的南瓜花，放在稻田里不停地抖动，青蛙以为是虫子，往前一蹿，张嘴便叼住，怎么也舍不得松口，最终成了汪小凡他们的战利品。

现在汪小凡他们不钓青蛙了，准备钓鱼。

汪小凡他们沿着新修的大桥兴致勃勃地往老家赶，有点衣锦荣归的意思。心里不禁在想，这桥一修好，再过些日子，老家的山山水水，只怕自己也要花钱才能来看了。

不过，他们谁都没有从桥上过去。

桥的确修好了，但却是个断头桥。

一个修桥的工人告诉汪小凡，桥的长度在计算上出了问题，计算出的长度比实际需要修建的长度少了十米，也就少了十米的钱。这就好比请人吃饭，口袋里揣了请十个人吃饭的钱，没想到来了十五个人。吃饭好说，大不了少吃一些菜，每个人少喝一瓶酒。修桥却不行，桥是用钱一张一张铺出来的，别说是算错十米，就是算错一米，也不知道用多少钱去铺呢！

汽车过不去，人也过不去。

他们问怎么办。

那个工人说谁知道呢。

汪小凡悻悻地回到家里，看见他爹请了两个人正在从店里往外搬麻将桌子。一问，才知道他爹把麻将桌子卖了。

几天以后，汪小凡看见他爹在小区副食店门前的树上挂了两根绳子，绳子分别系在一根木棒两头。有空的时候，汪小凡他爹就抓住那根木棒做引体向上，他抓住木棒，双手一用力，身体就缓缓向上，直到将下巴挂在木棒上。一下，两下，三下，他每用一次力，仿佛都是在和衰老斗智，和岁月赛跑。后来，汪小凡他爹又买回来一个呼啦圈儿，一有空，他就在门前的空地上玩呼啦圈儿。呼啦圈儿在他的腰上笨拙地转动着，转着转着，"噗"的一声掉到了地上。老人丝毫不气馁，双手抓起呼啦圈儿继续在腰上旋转。每当这个时候，老人的眼前就会浮现这样一个画面：在乡间的水田里，自己弯着腰，挥动着手里的镰刀收割稻谷，一片片稻谷向自己的手边倒过来，倒过来，安详地躺在自己的身后。那柔韧的稻草上，每一粒谷子饱满无比，在阳光下闪着金黄的光芒。

老人说，没有地了，总得干点事吧。守着这个小区副食店，就是守着一片地呢。

汪小凡他爹说这个小区副食店就是他的地。

伤心土地

刘学兵

柄根到秋枝家相亲的第二天,村支书就找上门来了。

那时柄根铲草刚回家。

正是四月尾上,天已经开始变了,阳光突然恶劣起来,一抹一抹往肉里钻,然后从里往外炸。没有风,太阳白亮白亮的,远远近近直打闪。

柄根抱着锄柄,恶狠狠地看着眼前飞舞的苞谷叶子。他的脸已被割了好些口子,血渗出来,用手一抹,红的红,黑的黑,也不知是血还是泥。柄根心里直骂这鬼天气，没头没脑地旱，都十多天了，天上连颗水星子也没掉过。即使是在清晨，路边的草儿依旧耷拉着，上面连露水的痕迹也没有……柄根看看地，又看看白晃晃的太阳，一下子就没了劲儿。

早上出门时，妹妹柄梅就笑他，说他一时新鲜。他说我要让你看看哥是怎么当的。谁料还不到十点钟，人就像钻进了蒸笼，热得连气都喘不过来。同样是热，柄根觉得深圳的热显得那样温柔，就像冬天把手伸进热水中。但老家的热就成了真正的热，热得那样粗暴，就像是原子弹爆炸时的辐射，显得那样可怕，令人心慌意乱。

柄根舔了舔干裂的嘴唇，却舔到了顺着脸颊流下的汗水，咸丝丝的。他停下手里的锄头，说：爹，不铲了吧，太热了，宁可让地吃亏，也别让人吃亏。

苞谷林深处传来了声音，像被什么东西捂住似的，瓮声瓮气：地吃亏人也吃亏啦！你唬它，它也唬你哟！不远的苞谷林沙沙地响了一阵，向这边移过来。"呼"的一声，老头子那张脸便在苞谷林中露了出来，长长的叶子在他面前一闪一闪地摇晃着，像在逗引他。由于天气太热，老头子那张脸扭曲得十分难看，脸膛黑黝黝的，汗水在上面流得急，看不出血口子,也许全隐到深深的皱纹里边去了。老头子用手抹了一把汗,手上有泥,沾在脸上,就像唱花脸的丑角。

三年前,柄根放下书本就去了深圳。这次回家是妹妹发的电报,说爹病了,很重,回来才知道是和秋枝相亲,而爹也没有再放他出门的意思……

老头子一直看着柄根铲草,见柄根没精打采的,就说:你这也叫劳动?要换在大集体那阵,队长早点名了,干一天连口粮都不够。柄根不服:这又不是大集体!老头子说:你还犟!你看你铲的草,像马啃的,要不了三天又长得铺天盖地。柄根就泄气了。原本以为铲草是农活儿中轻松得不能再轻松的活儿了,哪知根本不是这样,别看是细毛活儿,条条道道儿多着呢!想着家里多如牛毛的农活儿,那要花多少时间去学呀,即使学会,这辈子也做不完……想到这些,柄根手上的锄头仿佛有了千斤重,怎么抢怎么别扭。"咔嚓"一声,就铲断了一根苞谷苗子。那苞谷苗子已是一人多高了,早出了天花,高高地伸在空中,腰上的娃娃穿着厚厚的衣服,红的头发白的头发光滑而柔软……

那一锄是铲在老头子的心上了。他顿时变了脸色:你……

你个……你个龟儿子……柄根说：这有啥？多一个苞谷也多不到哪里去，少一个也少不到哪里去。老头子叹了口气：没经过灾荒年成的人哪里知道粮食的珍贵哟！柄根撇撇嘴：都啥时候了，还提灾荒年成，好像灾荒年成是我们这一代人造成似的。老头子说：教训总该记着吧。柄根说：还是看眼前吧，方树华去深圳才五年，就建了小洋楼，要是我还……老头子火了：整天就是方树华方树华，那钱能当饭吃？哼！甭瞒我，你那点心眼能钻到哪里去？老子连水都能看三尺深，还看不出你那点鬼把戏？你也别想再出门啦，是啥虫钻啥木，坐在家里不缺吃不缺穿。不是你根娃子过的日子，就是有座金山，那地还得要人来种。柄根想顶撞老头子说钱是不能当饭吃，可少一分你能挑回一百斤肥料吗？见老头子已火了，只怕这话是火上浇油，就咽了回去，心想，出门真舒服，太舒服了。

中午，柄根前脚进门，支书后脚就跟进来了。支书四十多岁，腆着大肚子，倒背着双手，嘴里叼着烟，烟头的光融进阳光里，显得很暗淡。他老远就喊根娃子。由于叼着烟，那声音压抑而难听，就像一个窒息的人在作垂死的挣扎，但从声音的轮廓里依然能听出喊的是根娃子。柄根应了一声，问他啥子事情。支书从嘴里取出烟来夹在指缝间，拖长声音说：

我给你送官来了。柄根摸不着头脑：官？给我送官？支书说：轻松得很的官。柄根说：啥子官？支书说：团支部书记。柄根说：不是方树华吗？支书说：我把他免了。柄根说：他犯了错误？支书说：一言难尽。柄根想到重新去深圳的事，就说：我不想当这个官。支书有些急：你就当吧，听说镇里要在农村招聘一批干部，到时候我和村主任都推荐你。

镇里要招聘一批年轻干部的风声吹了好久了，柄根也听了好多回。他有些动心了。村主任和支书都超了龄，是不可能去镇里了。如果自己真能招到镇里，每月领固定工资不说，而且风吹不到雨淋不着，那比去深圳打工要划算得多。于是就说：那我试试看。支书有些高兴，心里却直骂方树华，狗日的！自己去深圳不说，还要领走一大批年轻人，村里剩下的全是三八（妇女）六一（儿童）九九（老人）"部队"，都是吃得做不得、做起来要不得，走路气哼气哼的人……地就荒了。

送走支书，柄根走进屋时，老头子正在讲他铲草的事，说他铲的草是花架子，中看，其实尽是猫盖屎，铲掉的草盖在没铲的草上面，快得你想追都追不上。妹妹柄梅没读高中，已有了三年农活儿的经验，知道铲草猫盖屎是怎么回事，"喵嗤"地笑弯了腰。她想起当初自己学农活时也是这个样子,还嫌妈妈的速度太慢,结果自己铲过的地妈妈又去铲了一遍,跟返工差不多。柄根说:一回生二回熟,有啥好笑的?柄梅不跟他争,张罗着吃饭。

柄根端起碗,"嘶嘶"地吹着一碗冒热气的稀饭,边吹边"咝咝"地喝。刚喝下去,那汗就出来了,像一张毯子,把浑身上下裹得紧紧的,闷闷的,难受极了。

柄根喝完两碗稀饭就钻到自己屋里。屋里又热又闷,让人心里直发慌,坐也不是,站也不是,磨皮擦痒。他打开电扇,呼呼的风吹过来,像是水蒸气往脸上喷。他又心绪烦乱地打开电视机,却是没完没了的饲料广告。妈的!净骗农民的钱!随手就关了,就势躺在床上,伸了伸脚,三下两下蹬了长裤,剩下裤头,双手枕着头,望着帐顶出长气……柄根迷迷糊糊地睡了一觉,然后就醒了。不知啥时候停电了,电扇一动不动地对着他,仿佛在嘲笑他那粗野的睡态。浑身的汗水在席子上留下了一个人影,张牙舞爪的,很丑陋。

隔天柄根还是去找了方树华。他思前想后,觉得自己还是出门挣钱有把握些。招干的事自己可能沾不上边,还是现实一点好。那时一帮年轻人聚在方树华的家里,七嘴八舌地要他讲出门的逸闻趣事。方树华推不了，就讲广州的耗子，说广州的耗子又大又肥，白天都能听到它们在洞里磨牙的声音，阴森森的……那里的蚊子也多，四处乱飞，去一拨又来一拨，叮一口就是拳头大的疙瘩……有人听得索然无味，说讲别的吧讲别的吧。

柄根就是这个时候走进来的。

屋里七零八落地坐了一些人，柄根大多不认识。方树华叫了声根娃子，就抛过一支烟来，说自己找座位。旁边一个人让了让说：这儿坐这儿坐。柄根扫了他一眼，认出是邻村的团支部书记，叫李杰。柄根说：你们这是……李杰说：家里种地没劲儿，想出门见识见识，你也出过门，给我们引见引见，搭个桥，怎么样？方树华笑了笑：李杰，你还指望他呀，他自己都去不了啦。柄根说：没那话，不信走着瞧。

七嘴八舌又闲聊了一阵，话题又转到去深圳的事上。柄根这才晓得这帮人是邻村的，打算跟方树华一块儿出门。

有人怀疑深圳那地方是不是真的能找到钱。方树华说：会找钱的人一弯腰就可能成为百万富翁，不会找钱的人累死累活也不会出人头地。这帮人就有些动心了，又听说老板正雇人，就急不可耐地打听方树华何时走,有哪些人一起走,大约要带多少钱。他们的双眼流露出兴奋的光彩,好像到了深圳那个地方,真的一弯腰就有千儿八百的钱飞来,把所有的口袋都填得满满的。

年纪小一点的心里都合计着,找了钱就可以抽好烟了,还可以穿好一点,就可以不必再面朝黄土背朝天了,还可以盖小洋楼。年纪大一点还没有成家的也寻思,反正是单身一人,在家帮不了人,出门牵扯不了人,还不如出去见见世面。要真能找到钱,索性干个三年五载才回来,买些家什,把不像样的家弄得像个家的样子,说不定还能搭上爱情的末班车呢。还有的想,出门不说每月一千两千,就是三百五百也行,那家里的化肥不用担心没钱买了,也不必愁没钱买苞谷种子、水稻种子和蚕种了。

正说着,有人说秋枝来了。于是有人同柄根开玩笑,根娃子,尝了鲜没有?柄根一边还嘴一边往外走,心里出奇地舒畅。虽然他至今还没有碰过秋枝,甚至连秋枝的手也没有拉过,见了面只是一些"来啦""走吧""忙不忙啊"之类无关痛痒的话,但他乐意听年轻人那种粗俗的玩笑,而且听起来特别受用,仿佛他已经得到了秋枝身上他该得到的一切。

秋枝见柄根面带微笑却又呆头呆脑地出来,就有些恼怒,加上以为柄根和一帮年轻人在说她什么难听的话,心里更有气,黑着脸说柄根:正事不做,跑到这里来东家长西家短的,也不怕烂舌头。柄根憨笑着说:他们只是开玩笑,在家里待着没意思,我想再去深圳做两年,回来就结婚。

啥子?你还想去深圳呀,你晓得你爹为啥骗你回来吗?秋枝说。柄根说:我晓得我晓得,还不是为了你。秋枝说:那是我错啦,连累了你。柄根说:我不是这个意思,你别怪。秋枝说:我没有怪你。然后又说:你不想当团支部书记啦?柄根没好气地说:不想当。秋枝不解:那镇里招聘的事……柄根说:没那么便宜的事,不该招的人招了也不会招到我头上。

秋枝不言语了,只顾往前走。柄根讪笑着跟在后面。直到听不到方树华屋里的笑声了,秋枝才说:我爹叫你明天到我家去淋苍谷。柄根说:要得。

然后就分别。分别的时候,柄根大着胆子拉住了秋枝的手。秋枝不曾想到柄根会这样,吃惊地说:你……挣扎了一下,没挣脱,便红了脸任由柄根拉着走了几步,一双眼睛却四处乱看。

回家的路上,柄根想着刚才拉秋枝手时的滋味儿,却说不清道不明，只是觉得那手细腻而有些暖意，或许有些颤抖……他又想起李杰他们的话来，想得心里突突乱跳。

空气中依然飘浮着层层的热浪，一路上柄根浑浑噩噩地想着出门的事。他懵懵懂懂地跨进院子，看到满地的农具，鸡四处乱窜，鸭公追逐着鸭母，鹅拖着笨重的身子摇摇摆摆地走着，像个怀胎妇人；遍地的鸡屎、鸭屎、鹅屎在阳光下散发着一股股恶臭。眼不见心不烦，见到这些，柄根心里就像堵了什么似的，憋得难受。还是出门好，柄根想。

这时老头子刚犁了田回来，满脚的稀泥。他见柄根在院子当中发愣，就说：看你把皮耍脱一层啷个办？

柄根回过神来，说：秋枝说明天给她家淋苞谷。

这话被里屋的妈妈听去了，不满的声音从门缝里挤了出来：八字还没一撇呢，就开始拉差了，看不累死你！

老头子说：去吧去吧，反正迟早是一家人，先淋后淋都一样。心里却盘算着怎样才能把柄根留在家里，不让他再出门，更不让柄根去秋枝家当上门女婿。

吃晚饭时，柄根愣愣地坐在桌子边。他把手指插进长长的头发里，艰难地闭上双眼。家里活儿杂七杂八的本来就多，如今秋枝那边也指望着他干活儿，啥时才能做完呢？咬咬牙还是开了口：爹，我……我还想出去……做几年，您看……

老头子吧嗒吧嗒吸着烟，好一会儿才说：哪个种地？

柄根心里立刻升起了一丝希望：您比我会种。

老头子说：我都五十八了，还能种几年？

柄根心里一沉，禁不住咽了一下口水。老头子语重心长：根娃子啊，两家人的地都指望着你哪！你好意思让它白白地荒着？

柄根绝望极了：我要出去，我要出去！死也要出去！

老头子火了：老子……老子打死你龟儿！

柄根站起来：你打，你打！你打死我好啦！

老头子随手抄起一条凳子：老子怕打你吗？

慌得妈拖住了凳子。

妹妹也劝柄根少说两句。

老头子把凳子扔在一边说：还是个干部，也不怕把别人带坏了。

柄根的泪水夺眶而出。

电就是在这个时候停的。柄根趁机用手抹了一下双眼，抹去了伤心而又无奈的泪水。

黑暗中有蚊虫"嗡嗡"地飞着，不时撞在脸上。屋外有淡淡的月光，秧田里远远近近的蛙声此起彼伏。

灯呢？妹妹问。

老头子掏出打火机点燃了煤油灯。忽闪忽闪的灯光把老头子的影子投到墙上，怪怪的，像木偶戏。

第二天柄根还是去了秋枝家，那时天刚蒙蒙亮，秋枝爹早已出门去了。柄根和秋枝招呼了一声，挑了粪桶就走，也不好意思说自己没吃早饭。

柄根到时老人已铲完两块地了，他见柄根来了，就说：淋吧淋吧，趁天凉快，好生点，弄断一根就丢一个苞谷，补也没法补苗子……柄根应了一声晓得了，便挑了粪桶钻进苞谷林里"哗哗"地淋起来。太阳当顶的时候，老人还没有回家的意思。柄根饿得双腿无力，两眼发花。他几次想提出回家，但话到嘴边又咽了回去。到后来他心里涌起一阵莫名的愤怒。这又是何苦呢？整天在地里摸爬滚打，日子还是和从前一样，说什么勤劳致富奔小康，可小康是什么样子谁又能说清楚呢？看看人家吧，玩的时候玩得天昏地暗，日子过得有滋有味，没听说谁缺钱花，谁缺粮吃……

汗水一茬一茬往外冒，泥土在阳光的炙烤下散发出一阵阵奇怪的焦味。柄根把扁担从左肩移到右肩，又从右肩移到左肩，可两只粪桶依然像两座山一样压在肩上。柄根悔呀！当初怎么就那么爽快地答应了这门亲事呢？花两百元送了礼不说，还把两家的活计全揽到自己身上。都怪自己啊！当媒人让柄根当着秋枝的面点头应这门亲事时，他来不及想什么，就点了点头。秋枝人不错，漂亮，又勤快，他没有理由拒绝。他看见秋枝也红着脸点了点头。于是，事情就这么定了。亲事或许太顺利了，事后柄根不止一次地扪心自问：这事……就这么成啦？心里有些喜，也有些忧。喜的是平白得到一个漂亮姑娘做老婆，今后还要在一张桌子上吃饭，一张床上睡觉，还要生儿育女。忧的是自己恐怕再也出不了远门了，也许自己像爹那样过日子的时候到了，他不敢去想象自己怎样才能把这一生走完。

太阳红彤彤地挂在天上，好像要把周围的一切点燃才善罢甘休。从中午十二点到下午一点钟这一个小时简直不是六十分钟，而是六十年，漫长又漫长……

终于，老人问柄根几点了。

柄根说一点了。

老人说今天的太阳没有昨天毒，多淋几窝是几窝，淋一窝就要少一窝。

柄根心里哆嗦了一下，禁不住暗暗叫苦，肚子跟着又"咕"地叫了一声，好像有人在里面狠狠踹了一脚。老人满意地看着柄根的背影，心想：无论如何也得让秋枝把根娃子拉过来做上门女婿，那样种地就不愁少手脚了。

正在这时候，秋枝站在对面的山梁上喊：吃饭。柄根心里一松，高兴得险些叫出声来。老人恋恋不舍地走了几步，说：不晓得这苞谷啥时候才能淋完哩。便和柄根一前一后下了山梁。

吃饭的时候，老人倒了两杯酒，递一杯给柄根，说：喝了腰不痛。柄根心里烦着爹不让出门，也烦着总有干不完的活儿，也不推辞，就喝了一杯。老人又倒了一杯，柄根也喝了。老人接过柄根递回来的空杯子说：晚上再喝吧，下午要做事，喝多了不稳当。柄根接过秋枝添的饭狠狠往嘴里填的时候，没有忘记点头说要得，只是闷声闷气的。

晚上柄根喝了很多酒，那话就斩不断理还乱了。他说方树华钱挣得多，说话的口气都跟从前不一样，说自己无论如何也想再出门去混几年，说在家没意思，穷事多，啥看着都烦，家里烦,地里也烦,然后又骂村支书,骂他平白地把团支部书记给自己当,骂完了就叹气,叹了气又说,还是刚才那些话,翻过来倒过去,总说不完,听得老人直皱眉头。

秋枝说:你喝多了。

柄根说:没有。

秋枝说:你咋乱说?

柄根说:我没有。

然后站起来要回家。

秋枝说:就在这儿歇吧。

柄根冲她古怪地笑了一下说,不,就摇摇晃晃地出了门。

柄根在灯光下那古怪的笑容令秋枝浑身一阵发热,脸上也火辣辣的。她倚在门边,看着柄根消失在黑暗里。

船过码头

刘学兵

　　船从朝天门码头出来，顺流而下，停靠的第一个码头照例是唐家沱。从唐家沱码头开出来后，船上的工作人员照例开始检票，在岸上没有来得及买票的乘客，这个时候就得补票了。

　　卖票的是一个女孩子，二十三四岁的样子，挺清秀的。

　　当她渐渐走进鲁一周的视线，鲁一周惊讶地发现她跟自己的女儿鲁小燕长得有些像。他冲女孩子笑了笑，点了点头，完全是一种习惯。几十年来，这个表情在他和女儿鲁小燕之间不知复制了多少遍。他和女儿之间没有太多的语言，冲鲁小燕笑一笑，再点点头，既传达了作为父亲的威严，也显示出一个父亲的关怀，这差不多就是他们父女之间的全部。尤其是鲁小燕嫁给城里的老女婿后，鲁一周和女儿之间的话就更少了，一般情况下都是他瞪大眼睛，横眉冷对，而女儿鲁小燕呢，仗着有妈妈撑腰，总是你说一句，她还三句，左说左对，右说右对，兵来将挡，水来土掩，有恃无恐。

鲁小燕早年就进城打工了。她讨厌农村的生活，更讨厌种地，发誓说哪怕嫁个老头儿，也不会再回到农村去。后来鲁小燕如愿脱离了农村的生活，嫁了一个比她大十多岁的老男人。为此鲁一周把女儿臭骂了一顿，说好的不找，找个半截身子都入土的人，脑子有病啊！女儿鲁小燕毫不客气地回敬他说，总比你好，你都是土埋到脖子的人了，还说人家。一句话呛得鲁一周后面的话全吞回肚子里。在鲁小燕绝不种地，绝不喂猪，绝不住农村的房屋，绝不在农村找男人，绝不跟父母住在一起的宣言下，鲁一周所有的金玉良言根本就没有机会说出口，最后只浓缩成两个字："你滚！"鲁小燕就在她妈妈的哭喊声中"滚"了。当鲁小燕"滚"出去再"滚"回来的时候，她已经为人妇,为人母了。生米煮成熟饭,鲁一周彻底崩溃,接受了现实。

鲁小燕才结婚那阵,鲁一周心里缓不过劲儿,说什么也不去女儿家。老伴儿的心软一些,先去了女儿家。回来后就和他说城里如何如何,说得鲁一周有点动心,暗想,真该去城里看看。可是,鲁一周是个要面子的人,心里想去,神情上却显得满不在乎。最后还是老伴儿把他往门外推,外孙子把他往家里拽,好歹把他忽悠到了女儿鲁小燕家。

城里果然好。楼房高,一栋栋直往云层里窜。鲁一周抬起头看楼房,把头都抬痛了。城里汽车也多,一辆辆左右穿梭,把鲁一周的眼都看花了。不光是这样,城里道路也宽,电灯更亮,路边的杆子上一晚都亮着灯,明晃晃的,不像农村,天一黑就像泼了墨,走一路黑一路。鲁一周心里的那口气也就缓过来了。感觉也不错。鲁小燕的家居住环境好,家庭条件嘛,还说得过去,比上不足比下有余吧。虽说女婿年纪大了点儿,但只要女儿能够幸福,也没有什么不可以。心里想开了,鲁一周再也不给他们脸色看了。脸上多了一分热情,多了几分笑容。

两天过后,鲁一周就坐不住了。

女儿住在一个小区里,楼层是三十层。在楼下,鲁一周抬头一望，就有些头晕；走进电梯，也是头晕；走出电梯，还是头晕；在阳台上往下看，更是头晕。一个人没事到马路对面的公园去坐一坐，在斑马线边站着，看着疾驰而过的汽车，头更是晕得不得了。在女儿家里，头晕就是全部。老伴儿说城里如何如何，其实那都是假象，这个城市是女儿的城市，不是自己的城市。

鲁一周闹着要回家了。宁跟要饭的儿子，不跟当官的女儿。女儿再好，那是泼出去的水，女儿家再好，那是外人的家，不能常住的。

鲁一周打定主意要回家。说起回家的原因，也简单，开春了，地里忙。

鲁小燕清楚老头儿还有点心结没打开，也不挽留，一家人就把鲁一周送到码头。

早班船的机器已经开始轰鸣了，乘客从四面八方踏着一级级的石阶梯向客船涌去。鲁小燕指着江边一块展板上的船位消息逐字逐句地念。唐家沱，郭家沱，广阳坝，河口，港机厂，鱼嘴，这里是明月沱。鲁小燕说："爸，明月沱过了就是木洞，到了木洞你要记着下船哟。"顺着女儿的手，鲁一周找到了那两个字。连起来念,就是那个他再熟悉不过的名字——木洞。

木洞到了,家就到了。

鲁小燕掏出两百元钱递给鲁一周:"这是路费。"鲁一周缩了缩手,嘴里分两段蹦出四个字:"不要,我有。"鲁一周很倔强,说不要,就一定不会要。都说男人的脾气会变,年轻时脾气坏的男人,年纪大了脾气会变好,年轻时脾气好的男人,年纪大了脾气就会变坏。鲁一周再过两年就七十了,年纪算大吧,可他年轻时的臭脾气,直到现在也没什么大的变化,还是老样子,做事风风火火的,说干就干,说坐就坐,抬脚就走,端杯就喝。不问原因,不计结果。鲁小燕吃透了他的脾气,知道他喜欢什么。鲁小燕说:"拿着吧,买酒喝。"鲁一周一听说酒,就伸手接了。鲁一周心里就觉得很好,虽然没有儿子,有个女儿也不错,还知道老子喜欢喝酒。他心里就暖烘烘的,好像真的就喝了二两酒。

上船的时候,他蹲下身子,用满脸的胡须去亲外孙子的脸,外孙子被他的胡须扎得哇哇直叫,不停地挣扎、躲避。

那个卖票的女孩子走到鲁一周身边,鲁一周习惯性地让了让。

真像！当女孩子从鲁一周身边走过去的时候，江风吹起她的长发，差不多飘扬到鲁一周的脸上。他太熟悉那乌黑发亮的长发了，鲁小燕从前在家里的时候，那一头长发就从来没有收拢过，哪怕是在地里，鲁小燕也让它披在肩上，好像没有了长发，鲁小燕就不是鲁小燕了。鲁一周忘不了鲁小燕从玉米地里出来的样子，满脸通红，乌黑的长发上爬满了玉米花粉。可是，现在鲁小燕不会再到玉米地里去了，她住到了城里。在城里那林立的高楼里，其中就有几间是鲁小燕的，那是她的栖息之地，她从此远离了玉米地。

她呢？鲁一周想，那个卖票的女孩子，不知道是不是也像鲁小燕那样，在城里有了一片属于自己的天空。

船上是挤得不能再挤了。鲁一周在人群里七弯八拐，老半天也没有找到座位。站着不动吧，人家嫌他挤着别扭，不是卡着胳膊，就是蹩着腿了，不舒服；使劲儿往前挤吧，磕磕碰碰的，也不舒服。走也不是，不走也不是，鲁一周的倔脾气又来了，他索性不走了，就站在原地，操着双手站在那里，瞪着一双大眼，一副要发怒的样子。旁边的几个人果然收敛了，有几个人明明挤到了他的身边，也都自觉地闪开了。也不知是真的怕他发怒，还是尊敬他是个老人。

已经是春天了，但天气比往年冷得多。刚刚来了寒潮，天气预报说邻县还下了雪。鲁一周穿了一身厚厚的衣裤，显得臃肿无比。他站在那里，时间一长，先前那股子劲儿渐渐地就泄了。他一副厌倦的样子，引来不少好奇的目光。自己是不是真的就老了呢？鲁一周想，自己年轻的时候可不是这个样子，那个时候争强好胜，什么都想争个输赢，动不动就破口大骂，大打出手。现在老了，什么都让着。让着小孩子，因为是长辈，有关心下一代的责任和义务；让着年轻人，因为是长者，更应该有宽容的姿态；让着老年人，因为都是同龄人，理所当然同病相怜。

女孩子并没有走开。她一边为鲁一周撕票，一边对他说："老人家，您坐好，注意别摔着了。"鲁一周应了一声。女孩子很职业地环顾了一下四周。座位上早已人满为患，空座位不是让一双双脚占据着，就是让堆积如山的行李盘踞着。女孩子拍了拍一个脚搁在座位上的中年人，中年人头也不抬就说有人。拍拍另一个，也说去厕所了。没有找到座位的人开始在过道里席地而坐。看着鲁一周六神无主的样子，女孩子又拍了拍一个妇女。那个妇女用白眼作了回答。女孩子讪讪地回到鲁一周身边，小声问："老人家，您去哪里？"

"杨柳湾。"

卖票的女孩子不知道杨柳湾。她知道船沿路停靠的码头，她也知道木洞，木洞是江边的一个小镇，也是一个码头。船一天一个来回，每天都要经过木洞，她知道木洞镇是船要沿江停靠的码头之一，她还熟悉上一个码头和下一个码头之间大概要航行多长时间，甚至还知道那一段江面上有多少航标。但是，女孩子没听说过杨柳湾，她的脸上一片茫然。

这个神情，鲁一周没有在鲁小燕脸上发现过。鲁小燕好像从来不知道什么叫茫然和犹豫。她从来都是想唱就唱，天黑就睡，饿了就吃，说走就走，丝毫不会拖泥带水，哪怕是妈妈的伤心痛哭，也没有把她留在玉米地里。

现在，鲁小燕在城里一家公司上班。工作嘛，说是叫什么置业顾问。鲁一周不懂什么是置业顾问，甚至这个名字都是问了好几次小外孙才记住的。但是，从鲁小燕整天不断接电话的口气中，鲁一周断定，鲁小燕大约就是卖房子的。卖房子这个工作，需要的是伶牙俐齿，这倒是没有浪费鲁小燕那张嘴。

鲁小燕的脸在眼前不断晃动，逐渐发生变化，最后定格在那个卖票的女孩子脸上，鲁一周一下子恍悟过来。

"我……我在木洞下船……木洞。"他特意强调了"木洞"两个字。

"船到木洞要两个多小时，要不您买张卧铺票吧。"女孩子感兴趣的是卖了多少张船票，也许她的工资还要从卖票得到的钱里提成。可是，鲁一周还想给她讲一讲木洞，讲一讲木洞的八洞桥，讲一讲木洞的石宝街，还要讲一讲木洞的万天宫。据说万天宫在民国初年还遭到过雷击，幸好没有伤到人……

女孩子的脸上挂着甜甜的笑容。

"老人家，您的票还没有买呢。"

鲁一周这才想起自己还没有买船票，连忙把手伸进怀里掏钱。

女孩子说："您看，都没座位了，您买张卧铺吧。"

"贵吧？"

"不贵，就多二十元。"女孩子说，"散座到木洞十五，加卧铺票，一共三十五元。"

二十啊，顶三十多个鸡蛋了。可鲁一周转念又一想，管他呢，反正钱有多的，大不了少喝几斤酒。卧铺就卧铺吧。他把声音抬得很高："卧铺。"

女孩子直接就把鲁一周领到二楼。

卧铺舱在二楼，里面十分狭窄。走到门口，首先出现在鲁一周眼前的是一包折耳根。又是折耳根。鲁一周记得，在女儿鲁小燕家的时候，饭桌上就有折耳根，好像撒上了很多佐料，有点糖，还有点醋，甜甜的，酸酸的，辣辣的，咸咸的，再融进折耳根自身特有的气息，那味道简直奇妙无比。大龄女婿喜欢吃，外孙子也喜欢吃，女儿鲁小燕呢，好像也不是很讨厌。鲁一周看着父子俩，心里有些不屑，不就是折耳根嘛，在乡下，就是拿来喂猪的。他对女儿鲁小燕说："你看他们，吃猪草像在吃海参。"鲁小燕说："你现在还不懂。"不就是吃折耳根吗，还能讲出什么大道理？现在，鲁一周似乎明白什么了。可是，再仔细想一想，还是有些糊涂。

空中和脚边都有床。不过，那些床比家里的床小得多，只能容一个人躺在上面，充其量能挤两个人，想要像在自己家的床上那样折腾是万万不能的……床上铺了一层厚厚的棉絮，这么好的棉絮用来铺床，实在是可惜了。鲁一周想，其实用稻草来铺床也是不错的，实在，暖和，家里都铺几十年了，不比棉絮差。

卧铺虽然狭窄，人也不少，但不拥挤。人们都蜷缩在自己的床铺上。有的在低声说话，有的在闭目养神，有的在呼呼酣睡，有的在静静看书，有的在吃东西。还有一对睡在上铺的年轻情侣在紧紧抱着，不停地亲嘴儿，鲁一周顿生厌恶。他对卖票的女孩子说："还有地方吗？"女孩子早已见惯不怪了，她知道鲁一周的意思，便把鲁一周带进另一个卧铺舱里。这里的情况大致和前面那个卧铺舱差不多，好在没有像那对无法控制的男女。卖票的女孩子给鲁一周安排了一个下铺，看鲁一周那样子，想挣扎着爬到上铺，确实困难。

在鲁一周旁边的一男一女，年纪不小了，看样子是一对夫妻，还抱着一个孩子。男的抱着手机不停地聊着天，唧唧的声音不绝于耳。那个女的因为照顾着孩子，显然没有男的那么悠闲。孩子似乎在生病，女的显得很紧张，眼睛时不时往船舱的门口看，仿佛医生不一会儿便会从门口进来，给病中的孩子治疗。还有两个中年人在争论，争论完了，又说什么十八大，什么体制，什么群众路线，什么医改，什么双核、环保、城管执法……有的鲁一周不是很懂，比如双核，再比如体制什么的。鲁一周很沮丧，唉！人一旦老了，就没什么意思了。

"没意思。"鲁一周不自觉地说了一句。旁边不知谁听到了，接了一句："这卧铺也不过如此，确实没意思。"

不管怎么说，卧铺就是卧铺。这里吹不到风，比楼下的散座暖和，可以坐，可以睡，还可以亲嘴儿。这就是多二十元的好处。鲁一周不禁想起楼下的散座来。江面上的冷风撩起船舷两边的帆布，一个劲儿地往里灌，把人吹得瑟瑟发抖。那些狗啊、猫啊、鸡啊、鸭啊，不停地叫着，屎尿到处都是，臭气熏天。人群也很杂乱，大家都在说话，可是谁都听不清楚说了些什么。还有的闹中求静，三四个凑到一块儿斗地主。这就是区别啊！鲁一周想，还是有钱好。

　　有钱，什么都可以买。不过鲁一周心里就是不明白，要是谁都不种地，拿着钱又去哪里买粮食呢？人活着，粮食可就是命根子呢！这些年村里的年轻人全都出去了，都打工挣钱去了，那地都荒着，野草铺天盖地，都看不出地的模样了。鲁一周心痛哪！都到城里去了，都到工厂里去了，都到建筑工地上去了，那工厂里能种出粮食来？高楼盖了一栋又一栋，城里盖完了，没地方盖了，又慢慢盖到村里来，都是高楼了，那庄稼能种到高楼上去？鲁一周这辈子没学过一门手艺，他唯一的手艺就是种地，他就是为种地而生的。鲁一周很满意自己会种地，有地可以种。

　　女儿鲁小燕从前不听话，现在看样子也不是很听话，女婿的年纪大了点，想想也还是不错的，当然，还有个更不错的外孙。他们都叫他搬到城里。先不说有没有诚心,能说出来就让人开心了。但鲁一周就是不愿意去。在村里,年轻的都走完了,年纪大的也走了一些,连孩子都到城里读书去了。早晨空气里炊烟的味道也不浓烈了,弥漫的柴火味儿也淡了,更失去了从前那种忙碌的景象。晚上,由于人烟稀少,天似乎早早就黑下来了,漆黑漆黑的,远远近近的村落、空屋,都静静地立在夜色里,杳无声息,连一声狗叫都听不到。

鲁一周自己有地种,守着那些地,哪怕再漆黑的夜,哪怕周围像死了一样静寂无声,鲁一周心里都踏实。在乡下,除了地,还有他的一窝仔猪,一大群鸡鸭鹅,还有他的老伴儿呢。鲁一周是种地的好手,每年他都在老伴儿的帮助下把庄稼伺候得遍地疯长。到了秋天,沉甸甸的谷粒在秋天的原野上泛着光芒。

那对带孩子的夫妻,他们的孩子似乎病得很厉害,有气无力地哭着。女的掏出一个奶瓶放到孩子嘴里,但依然不能止住他的呻吟声。

鲁一周说:"孩子病了吧?"

男的开始点点头,然后又摇摇头。鲁一周暗暗叹息,现在的年轻父母啊,带个孩子咋就那么难呢。

接下来是鲁一周感到厌恶的时刻。

卧铺舱里的女人差不多都穿着裙子。有十七八岁的姑娘,有二十七八岁的妇女,还有一个,年龄看上去比自己小不了多少,也穿着裙子,膝盖以下白生生的……还有的,把短裤穿在长裤的外面。鲁一周讨厌这种不伦不类的穿法,在城里穿也就罢了,现在连村里的女人也赶时髦,老的也好,少的也好,好像不这样穿衣服,就跟不上潮流了。这……这是什么世道?后来鲁一周明白了,同样是花二十元钱坐卧铺,但这二十元钱不是谁都能够花的。这和一个人有没有钱毫无关系,你注定只能坐散座,如果再花二十元坐卧铺,那就别扭。别人不找你别扭,你自己也会给自己找别扭。鲁一周觉得自己就没有这个命,即使勉强花二十元,但一走进这窄窄的船舱,就像做了贼似的心里发慌……鲁一周坐不住了,他的后背出了一层细汗。他想拉开门到底楼的散座去。

也不知过了多长时间,过道里响起了急促的脚步声。那个卖票的女孩子"吱"的一声把门推开一条缝,头探了进来,一脸的紧张。她问:"下船没有?"

鲁一周问:"木洞到了吗?"

女孩子的脸"唰"地白了:"您……您怎么没有下船啊?"鲁一周站起来:"木洞到了呀?"女孩子嗫嚅着:"老人家,木洞……木洞过啦!都过了好一阵啦!"鲁一周心里突地跳了一下:"过啦?船……过了木洞?"女孩子难为情地点了点头,不知该说什么。

大家都看到鲁一周的眼睛瞪得大大的,像要喷出火来。片刻之后,他的眼睛又变小了,有些失神。他怔怔地坐下来,头在床柱子上碰了一下,也不觉得痛,目光呆呆地看着自己的脚。舱里的人都开始指责女孩子,人家都这么一大把年纪了,也不给人家说清楚,看看,误了下船不是?还能咋办?只能往前走呗,到了终点站,明天早上只能免费把人家送回来……哼哼!别以为人家是个老人就好欺负,现在是和谐社会,谁怕谁啊!

那个女孩子难过得快哭了。

鲁一周在心里长长地叹息了一声,年轻人呀年轻人呀。一抬头,看到女孩子可怜兮兮的样子,他的心软了。人家也不容易啊,满满一船人,一个一个地查票,哪有时间来叫你下船呢?都怪自己在船上胡思乱想,都怪自己没有听到大喇叭的提醒,怎么能怪她呢?鲁一周想到这里,对女孩子说:"没事没事，可以在麻柳下船，我有亲戚在麻柳。"

"真的吗？"

女孩子几乎是破涕为笑。

鲁一周慈爱地笑了。怎么不能回家呢？大不了多走些路。他打定主意，在麻柳码头下船，就沿着江边的公路往回走，也就一个多小时的工夫。只要能走到木洞，那就好办了。鲁一周从怀里掏出烟叶裹起来，他想，反正能到家，也不在乎忙这一阵，就不慌不忙地裹了长长的一根，足有大拇指粗，然后塞进烟锅里，划燃一根火柴，吧嗒吧嗒地抽起来。眨眼工夫，船舱里便像起雾似的飘起了呛人的青烟。有人咳嗽起来，接着，船舱里的咳嗽声便响成一片。抱孩子的妇女厌恶地皱着眉头，侧着身子，不停地用手扇着袅袅的青烟。鲁一周尴尬地笑了笑，他又一次觉得自己不是这卧铺舱里的人，自己应该在外面，在楼下的散座。他压抑着自己的呼吸，压抑着。可是，他越是压抑，呼吸就越急促，越沉重，几乎喘不过气来了。

鲁一周闭上了双眼，他尽量不去想自己此时在什么地方，不去想自己从哪里来，不去想自己到哪里去。不知不觉，他真的就睡着了。他做了一个梦，梦见自己在一只小船上，小船像树叶一样在汹涌的大海上漂着，漂呀，漂呀，也不知道要漂到什么地方。小船上还有许多不认识的人，有男人，有女人，有老人，还有小孩。他们好多天都没有吃东西了，一个个饿得奄奄一息，连说话的力气都没有了。鲁一周自己也饿坏了，他挣扎着去拉那些人，嘴里说，起来，都起来，要下船了，快起来呀，要下船了，起来，要下船了……

下船！

鲁一周一下子醒了。他惊跳起来，顾不得别人鄙夷的目光，发疯似的拉开门冲了出去。他踏踏踏地跑到过道的尽头，又踏踏踏地下铁楼梯，一边踏踏踏地跑，一边大叫："下船！我要下船！"

但是，鲁一周的声音被机器的轰鸣声淹没了。

"我要下船！"

鲁一周不寒而栗，船出麻柳，就跨地区了，山也好，水也好，一切都是陌生的。

一群人立刻把他围住。但是鲁一周什么也不在乎，依旧大叫："停船！我要下船啊！"那声音差不多带着哭腔。人们七嘴八舌地议论起来。一位老太太问："你在哪里下船啊？"鲁一周说："我……我在木洞下船。"老太太说："木洞呀，可木洞早过了呀,你怎么没下船呢?啧啧啧,你看你看,这咋办?咋办?"其他的人也开始附和,是呀,木洞过了好久了,这才想起下船,早干什么去了?还有的人指责起鲁一周的子女来,这么大年纪了,也不好好看着,出来到处流浪,不拿老人当人呀。是不是离家出走迷了路啊,看看他口袋里有没有电话号码。更多的人开始为鲁一周出主意。船返航开回木洞是不可能的了,是不是跟船长商量一下,找个地方停下来,让鲁一周下船。有人立刻反对说,不行,这一带江面地形复杂,有暗礁,不安全,为一个人牺牲一船的人,代价太大了。还有人说要不就在船上,反正船上有卧铺,有吃的,明天早上船返回时就在木洞下就行了。一个声音说,这恐怕不好吧?一来二去的,吃住一大笔钱,谁来付?

人群围着鲁一周正七嘴八舌,突然有人分开人群挤了进来,正是那个卖票的女孩子。鲁一周像是找到救星,一把抓住她的手:"我要下船。"鲁一周再次重复了一句,"我要下船。"

女孩子说:"老人家,你不是在麻柳下船吗?"

鲁一周说:"是呀是呀,我就在麻柳下船。"

女孩子说:"麻柳还没到呢。"

"啥?你说啥?"鲁一周怔住了,"麻柳……还没到?"

女孩子点点头。

鲁一周脑子里嗡的一下,再嗡一下,一阵晕眩。

女孩子几绺长发顺着江风飘过来。恍然间,多年前的鲁小燕又来到眼前,乌黑发亮的长发在鲁一周的眼前一闪而过。而现在,怎么说呢,女儿鲁小燕居然是一头短发,安静、稳妥地分列在耳畔。走路不紧不慢,行动有条不紊,老练得就像村口那棵几百年的黄桷树,冷静地看着身边的一切。鲁小燕整天衣着光鲜,穿得就像唱戏的。

看看眼前那个售票的女孩,再想想鲁小燕,鲁一周在心里努力把她们比较一番,觉得她们都一样,可是又觉得她们不一样。

鲁一周不敢再回到二楼的卧铺舱里去了,他不敢想象,要是女儿鲁小燕看到自己现在这个样子,会怎么想。他趴在船舷边,目光死死地盯着不断向后退去的江岸,生怕一不留神,麻柳就从眼皮子底下溜走了。时间一长,鲁一周的脖子就有些生疼,他只得直起身子扭了扭脖子,换了一个姿势。刚一回头,却和迎面挤过来的一个人撞了个满怀。他晃了晃,最终还是被后面的人群挡住了,没有摔倒。鲁一周认出来了,那是卧铺舱里在自己旁边用手机聊天的男人,看样子他也要在麻柳下船。

可是，他的老婆，那个抱孩子的女人却没有跟他在一起。

男人一脸的惊慌，大叫着："让开，给老子让开！"他伸手用力地推了推鲁一周，鲁一周没动。他确实动不了，那臃肿的身躯完全挡住了那个男人的去路。那个男人目光里流露着绝望的神情，他猛地爬到了船舷上，看样子想跳水。鲁一周吓坏了，抓住了他的右手："年轻人，有啥想不开啊，下来慢慢说。"那个男人挣了挣，没挣脱开，反而掉了下来。在他的身后不知何时站着两个很健壮的年轻人，他们一个在男人的左边，一个在男人的右边，其中一个人掏出手铐，轻轻地从鲁一周的手里抓起男人的右手，咔地戴上，然后又抓过他的左手，咔的一声，戴上了。动作娴熟，声音清脆，目光犀利。

四周的人都站了起来，踮着脚向这边张望。但是很快，那个男人就被带走了。这只是瞬间的事情，人们不知道发生了什么事情，都在胡乱地猜测着，说那个男人是个网上追逃的杀人犯，被便衣跟了好久，终于落网了。大家都叹息，幸亏便衣出手及时，要是等他掏出凶器来，不知道哪些人又要倒霉了，成了亡命之徒手里的人质，那一定是九死一生。大家一致称赞鲁一周，说他胆大，有英雄气概，居然抓住了杀人犯，要不那家伙就跳江逃跑了。

在离开的时候，一个警察让鲁一周跟他走一趟。于是鲁一周便懵懵懂懂地跟在他们的后面。在一个比较宽阔的船舱里，他看见了那个抱孩子的女人，她的手上也戴着手铐，身后站着两个女警察。原来抱在她手里的孩子，此刻被一个女警察抱着，正瞪着一双大眼睛，安静地注视着抱他的陌生人。一个警察握住了鲁一周的手，连声说："谢谢您老人家的配合。"

一男一女涉嫌贩卖婴儿。

原来他们不是夫妻，自然，那个孩子也不是他们的了。可是，鲁一周怎么也不明白，自己咋就配合他们抓住了罪犯呢？自己就站在那里，什么也没做呀，自己就是怕那个男的想不开跳江，才伸手抓住他的。怎么？这就是配合啊？他走出了舱门，看见春天的阳光满满地铺在江面上，波光粼粼。

在麻柳下了船，双脚实实在在地踏在岸上的时候，鲁一周这才长长地松了一口气。他跺跺脚，开始沿着公路往木洞方向走。

鲁一周说得没错，在麻柳，他确实有亲戚。不过那都是上辈人的亲戚了，到了他这辈儿根本就没有走动过。俗话说，走亲戚走亲戚，要走，才算亲戚，不走，算哪门子亲戚啊。

到了鲁一周这辈儿，不但忘了麻柳这个亲戚的名字，还忘记了这个亲戚到底住在哪里了。好在天色尚早，太阳虽然向西边的山顶落去，不过落得很慢，一时半会儿落不到山里面去。

一边走，鲁一周一边想，这都是多出来的路，要是在木洞下船，只怕现在早已在家里坐着抽烟了。麻柳到木洞是有客车的，但一般下午三点就收班了，现在快五点了，肯定没有车。不过鲁一周还是渴望有车回木洞，哪怕是多给点钱，他也愿意。从麻柳到木洞，毕竟有几十里路。如果按他这样走，即使能走到家，只怕也是晚上八九点钟了。要是有车，就快得多。好不容易见到一辆车，却是从木洞到麻柳的货车，方向不对。那货车拉了一车化肥，摇摇晃晃地开着，像喝了酒。鲁一周一路走着，嘴里骂骂咧咧，正想歇歇脚，从后面突突突地追上来一辆摩托车。终于看到车了，虽然是两个轮子的，好歹也叫车，就是牛拉的带轱辘的家伙，它也叫车。

摩托车吱地停在了鲁一周身边。鲁一周看清了，上面坐着一个二十几岁的小伙子。他张着嘶哑的声音问鲁一周："走哪里？"鲁一周对于骑摩托车的人向来没有好感，半夜里从路边冲过去，放几个屁都能惊醒一个村子的人。他目不斜视，没好气地说："木洞。"小伙子说："木洞？这么远，坐摩托吗？"

鲁一周说:"我坐汽车。"小伙子说:"没有汽车啦。"

鲁一周看看太阳。太阳在山顶上悬着,仿佛要滚下山坡来。他想,要是太阳滚下山坡,就看不见路了。鲁一周的内心开始动摇。他问:"到木洞,多少钱?"心里想,钱是一定要问清楚的,先说断,后不乱。小伙子伸出三个指头:"三十。"鲁一周心里嘀咕着:"这么贵!你抢啊?"看鲁一周犹豫,小伙子说你去打听打听麻柳到木洞的摩的价钱,哪个不是收的五十六十。鲁一周没有坐过摩的,更没有讨价还价的经验,他怕还低了人家不走,一溜烟跑了,自己错过了这个村,就没下个店了;还高了,自己又接受不了。他试探着问:"二十走不走?"没想到小伙子挺爽快:"二十就二十,上来吧。"鲁一周心里一凉,坏了,价还高了。加上今天的卧铺,无缘无故多用了四十元钱,心里有些不好受。唉,又要少喝好几斤酒了。鲁一周抱着小伙子的腰上了摩托车,刚坐稳,摩托车便放了几个屁,"呼"的一声就冲了出去。鲁一周只感觉到风不停地撞在自己的脸上,然后一个劲儿地往鼻孔里、嘴里、眼睛里钻,好像这个世界上所有的风都朝自己的脸吹过来了。他紧闭着双眼,嘴唇也紧紧地闭着,任由冷风在脸上不停地拍打着。不一会儿,他的手便冻僵了,脸也冻僵了。鲁一周狠狠地换了口气,正准备鼓劲儿坚持,摩托车却停了下来。

"咋啦?"

"到了。"

"到了呀!"

鲁一周差点从摩托车上滚下来。这才多一会儿啊,就到了。小伙子说:"当然比你走路快。"

鲁一周不情愿地掏出二十元钱……

鲁一周到家的时候老伴儿正准备吃晚饭。老伴儿吃惊地看着他,好像不认识似的:"咋这才回来?"鲁一周只说了三句话。他说,在木洞忘记下船了,在麻柳下的,回来坐的摩托车。老伴儿并没有在意,好像这事根本就和她无关。她只说:"去坐那东西干啥?当心一把老骨头扔在公路上。"鲁一周说:"没那么严重。"老伴说:"要死容易得很,海子上午还在镇上打牌呢,下午回家睡一会儿就没气了,过去了。你一把老骨头,还成精了不成?"

鲁一周正喝水,差点被呛着了:"哪个海子?"老伴说:"还有哪个啊,就是老方的儿子方海啊,还不到四十岁,真年轻啊!

说死就死了，前天才埋呢，老方白发人送黑发人，也快不行了。"鲁一周听了就有些伤感，那么年轻，怎么就死了呢？短短的沉默过后，鲁一周的心情好了一些。他很满意今天自己能够回家。虽然绕了一个大圈子，一不小心还和警察们配合了一下，但好歹还是回到了家里，还头一回坐了摩托车……对了，说到摩托车，鲁一周猛然想起在城里看到的一种车，像火车一样，很长很长，可是，它又不像火车那样在地上开着走，而是在空中飞快地穿行。那是什么车呢？他记得女儿鲁小燕曾经说过，可现在怎么也想不起来了。

鲁一周倒出一杯酒，就着老伴儿煮的老腊肉，美滋滋地喝起来。

他掏出电话，给鲁小燕打了个电话，问那个在空中穿行的像火车一样的车是什么车。鲁小燕告诉他那是轻轨。对，就是轻轨。现在，自己连从前没有坐过的摩托车也坐过了，一种前所未有的优越感在鲁一周的全身蔓延开来。那个轻轨，总有一天是要去坐的，鲁一周挺了挺胸。鲁小燕问他什么时候到的家。

鲁一周顿了一下说："早就到了。"

鲁小燕哦了一声说："没出什么事吧？"

鲁一周说:"和谐社会了呢,能有什么事。一路平安。"

挂断电话,鲁一周把今后几天要干的活儿分轻重缓急梳理了一下。暗自沉思,这地,荒着实在可惜,鲁小燕不种,进城打工的人不种,总是要有人去种的。好在地里什么都可以种,现在连喂猪的折耳根都可以叫绿色蔬菜,你说地里还有什么不值钱。想到这些,鲁一周心里很踏实。

不管怎么说,下次进城,轻轨是要去坐一坐的。

很多人的掌声

赵谦

　　傍晚，XX医院护士长秦丽娟下班回家。此时雨越下越大，经过一处公园，她发现前面躺着一名年轻女子，一辆电动车翻倒在一侧。

　　出于职业本能，秦丽娟没来得及多想，立刻下车查看情况。她发现女子的头部、手、脚都有血迹，其中头部血迹较多。血水混着雨水，染红了一大片。

　　"表姐，用我下去吗？"车上除了九岁的儿子外，还有表妹晓雪，她在秦丽娟的医院实习，今天不小心崴了脚，秦丽娟准备把她接到自己家里住几天。

"你别乱动,在车里等就行。"秦丽娟说完,蹲到了受伤女子身边。

"能听见我说话吗?"女子没有应答。秦丽娟立刻给120、110打了电话。她不敢动女子,如果是颈椎受伤,随意挪动后果会更严重。过了好一会儿,女子才清醒过来,迷迷糊糊地反复说"头好痛……痛"。秦丽娟推测,女子可能是脑袋受伤了。

确认女子脊柱没有受伤后,秦丽娟扶起她坐在地上,发现女子的胳膊有一道很长很深的伤口,血一直往外流。秦丽娟从自己口袋里掏出一块手帕帮助她止血,并用纸巾擦拭她身上的血迹,等待救护车的到来。几分钟后,围观的行人逐渐多了起来。

"是你撞的吧?还不赶紧把人家送到医院去。"人群中传出的一句话,让秦丽娟心里一惊。随即有人附和:"不然哪有那么好心,下雨天停车来救人。"她没有扭头,只说了一句话:"我没有撞她,我是医院的护士长。"秦丽娟这才担心,万一好心帮忙被冤枉了怎么办。

整个过程,很多人在旁边支持秦丽娟,当然也有人说着风凉话,可她没有辩解,只顾着照顾受伤女子。

十分钟后,救护车赶到,医生说:"幸亏止血及时,否则就危险了。"秦丽娟则仍留在现场等待交警,这一切被秦丽娟的儿子看在眼里。上车后,他为感到有点委屈的妈妈打气:"妈妈,你做的是对的!"这句话让秦丽娟鼻头发酸又备感欣慰。

交警到后,对事故现场拍照取证,又仔细查看了秦丽娟的驾驶证、行驶证和身份证,并提出要查看一下秦丽娟的行车记录仪。遗憾的是,仪器当天由于接触不良,没有开机工作,她想让自己的儿子和表妹做证,但有人告诉她,这样的证明可信度较低。

"我们回去看下监控录像,一定会查清真相。"交警说。

实话说秦丽娟有点紧张,她在微信朋友圈中这样写道:"伤心、委屈、难过、郁闷、彷徨、无助,甚至打心里害怕。"

第二天,交警告诉她,监控视频距离太远,加上又是大雨天,所以无法弄清真相。她都快崩溃了。儿子问她:"以后遇到了这种事情,你还会及时出手帮助吗?"她果断地点了点头,自己是医护工作者,怎么会不救呢!话虽这么说,但心里却非常不安。

巧合的是,受伤的年轻女子被送到了秦丽娟所在的医院。经检查,事故中女子脑部损伤,颅内蛛网膜下腔出血,还有个小血肿,好在救治及时,伤情基本稳定。但是对当天发生的事情,她也不能说清楚。

三天后,事情有了转机,交警打电话告诉秦丽娟,外地有个叫张峰的男子看到报道后,向警察提供了自己的行车记录仪,证明女子是被一辆小货车剐蹭倒地的。交警据此查到了肇事车辆,司机是名新手,第一次下雨天驾车,有些慌张,所以连自己撞到人都完全没有察觉。

此时,雨后的天空出现了久违的彩虹,抚去了秦丽娟心头的阴霾。秦丽娟第三次来探望伤者,女子握着她的手,连声称谢,说要不是她及时帮助,光流血都会死掉的。这个受伤女子的丈夫说:"您帮助了我们,自己却受了委屈,真的很抱歉。"

正巧,肇事司机也来看望伤者,他说:"如果不是你帮忙,要是伤者有个三长两短,那我的罪可就大了。"

在家里赞扬她的除了丈夫和儿子外,还有表妹晓雪,她说自己也即将成为一名护士，要以表姐为榜样，救助更多的人。

面对称赞和表扬，秦丽娟害羞起来。在秦丽娟看来，尽管看起来是她帮助了别人，但在这个过程中，她收获了亲人、同事还有陌生人的信任和关心，这让她感到温暖，也让她更加坚定。

可是事情还没有结束。这天，同事告诉她，说有个人想见她。她来到办公室，是一名年轻男子。男子先自我介绍，说自己叫张峰。张峰？她一听差点高兴得喊叫起来，连忙说："谢谢，要不是你提供了行车记录，我就没办法洗清冤屈了。"

张峰说："其实我今天是特意来感谢你的。"

"感谢我？"秦丽娟有点疑惑。张峰这才告诉她事情的真相，那天回到家里后，他观看自己的行车记录仪，不经意间，看到了小货车肇事的场面，他本不想多事的，但后来在网络上看到秦丽娟救人的帖子，再三犹豫后，给交警打了电话。

"我这刚从交警队出来。"张峰说。

"你去干什么，不是早就提供证据了吗？"秦丽娟更加疑惑了。

"其实，那天在郊区也有一个老年人被撞倒了，因为那一带没有监控视频,也没有目击者,所以一直找不到肇事车辆,我今天就是去自首的。"

秦丽娟感到很意外。张峰说:"你的举动让我无地自容,不过现在好了,一身轻松。所以我要谢谢你!"

绝版绿色

赵谦

王元挺在外面搞房地产生意,狠狠地挣了一笔钱,后来被同伴排挤,就一气之下回到家乡。他闲不住,总想着干点啥,既别出心裁,又能赚钱,可苦思冥想后,发现也没有啥好项目。

这天,儿子让他看一幅刚刚获奖的漫画,题目是《未来绿色家庭》,画的是一个三室两厅的房子,两间住人,一间用来养猪、鸡、羊,房顶上则种满了庄稼。他问儿子为何要这样。

儿子一本正经地说:"你没见人们都

说现在什么都不敢吃,只有自己亲手养的和种的才放心吗?"

他抱住儿子高兴地说:"你可真有创意!"

王元挺豁然开朗,立即就想到了一个新点子。他说干就干,先在村里的山脚下承包了十几亩地,按照不同的用途建起了许多形态各异的小房子。

朋友说:"你以前盖房子赚人的钱,现在又盖猪圈、鸡窝,这是开始赚动物的钱了啊?"

王元挺赶紧纠正:"打住,你们有点爱心行不行,在这里不叫猪圈,也不叫鸡窝,应该叫'绿色房舍'。"

他老婆也感到不可思议,现在郊区搞休闲旅游的很多,你能竞争过人家?并嘲笑他说:"等开业的时候就是关门的时候。"

王元挺笑着说:"我这叫独辟蹊径,抓住当前的形势,自然前途无量。要不咱们打赌?"

老婆说:"打什么赌啊,我就等着帮你应付银行的贷款吧!"

与此同时,他的营销广告也在一些媒体上打出来了:清新、舒适、纯天然;休闲、健康、百分百。王元挺的老爸王一鸣是一位退休医生，这段时间到外地去串亲戚，回来的时候，王元挺的工程已经完成一半了。见老爸来到工地，王元挺赶紧来汇报。

"这能行？"王一鸣疑惑地问。

王元挺解释说："爸，你又不是不知道，现在城里人最希望的是能呼吸新鲜空气，能吃到纯绿色食品。现在他们能吃上自己亲手做出来的食品，一定会高兴得不得了。"

王一鸣有些担忧："恐怕会让他们更懒了。"

王元挺说："怎么会呢，他们自己动手，体会劳动的快乐，还能锻炼身体呢。"

王一鸣也就没有再说什么。

没想到这段时间来咨询的人还真不少，都是城里的有钱人，他们都开着小汽车，前呼后拥的。王元挺耐心地和他们解释："只要租下一个'绿色房舍'，就可以自己养猪、鸡、鸭，我们可以提供猪苗、鸡苗和鸭苗等。您周末来自己喂养，既锻炼身体又体验快乐，您走后，就由我们这里的工作人员帮助照料，等它们长大了，您就等着收获，吃到又鲜美又绿色的食品。"

这些人频频点头,其中一个人问:"那你能保证饲料的安全吗?"

王元挺把手一指,说道:"那边就是我们的粮食基地,种植的玉米、小麦都是不喷农药的,只施有机肥,就以这为饲料,这样养出来的猪、鸡、鸭、羊,您吃着还不放心吗?"一席话,把众人说得热血沸腾。

当场就有不少人签了合同。而后,王元挺让人把广告刻成光盘,在电视上和市里的一些公共场合播放,效果很好。他把自己的基地命名为"绝版绿色田园"。

田园刚一建完,首批客户很快就来了,他们有公司高管、富太太、普通市民等。一开始,他们大多选的是养鸡。王元挺购买了上等的鸡苗,城里人哪养过这玩意儿啊,光看着好奇,却不知怎么摆弄。不过这没关系,田园里有专人来指导,并承诺如中间有意外,田园负责赔偿。小鸡一天天长大,快到两斤重的时候,就可以拿回家吃了。

可是有个女客户提出疑问说:"我怎么看着这些鸡长这么快啊,是不是有问题啊?"

王元挺明白她的意思,解释道:"这位女士,我们又不是按照小鸡的重量来收费，所以没有必要给小鸡喂些乱七八糟的东西。"

话虽这么说，但客户们还是你一言我一语。

王元挺也不慌："你们要是不放心的话，就跟我来。"

说着把人们领到办公室，原来这里有视频监控。他打开电脑，调出八号房舍的视频，让那位女士看，从小鸡初来一直到现在的情景，每一分每一秒都被记录着，包括工作人员是如何喂养的。怕他们不放心，王元挺又调出一个视频，是远处的庄稼地，从工作人员下种到收割，果真是没有打药。他又把镜头一转，就到了磨面粉的地方，照样是一览无余。"这下你们该放心了吧？"众人对"田园"的这种做法表示赞赏。

尽管如此，让王元挺大吃一惊的是，再来的时候，竟然有很多人带着自己的饲料，要求工作人员用这个来喂养。王元挺摇着头，无可奈何地说："都是让人给坑怕了。"不过他也乐意这样，因为这样一来就可以减少自己的成本。人们需要把鸡杀好了再带回去，王元挺也早把这个想好了，有工人专门做这件事情，而且采用的是最人道的杀鸡法，鸡没有一点痛苦就被解决掉了。

"绝版绿色田园"很快成了一家明星企业，经过一年的运营，客户更多了，养的东西也更齐全了，有猪、羊、肉鸽，甚至有的还养了牛和驴。"田园"也成了当地的一张名片。

这天，县长陪同上级领导来检查，来的是副市长。副市长来县里视察，连声招呼也不打，弄得县长有些抓瞎，参观完县里的一些企业后，都没有给副市长留下什么印象，县长就主动介绍了"绝版绿色田园"的事情，副市长很感兴趣，表示要去看看。

可是不凑巧的是王元挺有事出差了，一时半会儿也回不来，工作人员只好把他老爸王一鸣请来。领导们参观了"田园"，感觉很美，很有创意，副市长的兴趣也很高。副市长说："看了'绿色田园'，我有种回归自然的感觉，这很不错。你们今后应当加大扶持力度，也希望'田园'能够继续做大做强，成为城里人一个健康食品的供应站……"

王一鸣说："领导对我们的要求很高，不过恰恰相反，我们正准备缩小规模呢。"

副市长有点疑惑，这时县长忙接过话去，说道："王经理的意思是要先做到小而精，等时机成熟了，再考虑做大做强。"

副市长点点头，表示理解。

王一鸣却没有给县长面子，而是继续说："我想问领导一个问题，好吗？"

副市长很平易近人，说好啊，你随便问。

王一鸣就不客气了，问道："你们知道市民为什么来这里吗？"见领导有些犯难，他就自己给出了答案："是因为人们对什么都不放心，所以才来这里自养自吃。"

王一鸣说完，副市长伸出了手，激动地说："你说得好啊，要抓紧整治食品安全领域存在的问题。"

王元挺回到家里，见到爸爸，就是一肚子气，说道："爸，您老是糊涂了吧，嫌你儿子挣钱挣太多了是吗？"顿了顿继续说，"现在可怎么办？"

王一鸣也不搭话，等儿子说完了，气消了，才说："放心吧，'田园'的客户不会减少的，现在媒体报道这件事情，只会增加'田园'的知名度。"看着王元挺担心的眼神，王一鸣继续说，"规规矩矩做生意才是正道，这样赚的钱用起来才问心无愧。"

王一鸣低头不说话，良久才说："知道了，爸。"

失火事件

晏瑜

陈天华这回算是在商都商城栽了。

商都商城是白云市一家规模较大的大商场,按照惯例,商场设有八名专职保安员,分两班值勤,负责商场的财产安全。

这天晚上,陈天华和刘明明等四位保安值夜班。陈天华和刘明明是一组,他们在商场前门一带坚守,每隔十分钟到附近的墙角一带和商场里面巡视一圈;另一组是张峰和小李,他们俩坚守商城的后面,每隔十分钟围着后墙一带巡视一圈。

晚上十一点左右，陈天华觉得肚子好饿，就对刘明明说："哥们，你先在这儿待一会儿，我到对面的酸辣粉小吃摊买点吃的去。"刘明明说："好，你去吧，我在这儿坚守着，保证不会出事儿。"

陈天华就去了街对面。他掏出二十元钱，买了四份酸辣粉，还要了两瓶啤酒，四个一次性纸杯。回来后，他把食物分成两份，给另外一组的张峰他俩送去一份。张峰看见陈天华送来的东西，可能也饿了，一看有吃的，毫不客气，说声谢谢后，接过来就狼吞虎咽起来。

陈天华回来，刘明明还没吃，正在等他呢。陈天华就招呼刘明明快吃，两个人边吃酸辣粉，边倒上啤酒喝起来。吃完东西，陈天华想上厕所。他让刘明明在原地坐着，自己拉开商场的大门，到里面去上厕所。陈天华上完厕所出来后，就坐下跟刘明明聊起天来。还没聊上几句，陈天华突然发现商场里面有火光，他叫了声"不好！"，一下就跳了起来，向商场里冲了进去。

陈天华冲进商场，发现着火的是靠近西侧的食品架的地方，一个纸箱正在燃烧。他脱下衣服，抡起衣服用力扑打火苗。等刘明明跟上来时，陈天华已经把火扑灭了。

刘明明看着满头大汗的陈天华,感激地说:"天华,多亏你眼疾手快,扑灭了火。如果我们发现晚了,大火蔓延,商场遭受重大损失,老板肯定要罚咱们的款了。"

陈天华说:"别这样说,我们是保安,是保商场安全的,主要是防贼防盗,不是消防员。可话又说回来,我们每天值班十多个小时,也不是白混商场工资的。就像刚才,我们还不是起到了重要的作用。放心,我是老保安了,经验多着呢!咱俩值班,商场绝对没有啥事。"

刘明明说:"天华,你这样说,我觉得也很在理。行,有你在,我一百个放心。"

第三天夜晚,两点半左右,陈天华和刘明明坐在商场门口听MP3。他俩听了三首歌曲,陈天华觉得听歌容易瞌睡,就让刘明明一个人听,他说他到门前的小广场两边走一走,并看看另外一组的保安张峰和小李,瞧瞧他俩打瞌睡没有。

几分钟后,陈天华回来了,他对刘明明说:"那两个家伙,正在你一言我一语地聊天,没打瞌睡。所以,我就没惊动他们,溜达一下就回来了。"陈天华坐下,掏出两支烟,递给刘明明一支。当陈天华正想点上烟的时候,突然发现商场里又有火光,"不好,商场里又失火了!"陈天华一下扔掉手中的烟,拼命往商场里奔去。陈天华发现这回是东侧服装柜台的一角着火了。他朝失火的地方冲上去,只见靠近墙壁挂着的一件儿童裙子已经燃起了大火,他脱掉外衣拼命地扑打。

"天华,我帮你来了!"随着话音,刘明明也赶上来了,他手中还抱着一个小型灭火器。幸亏火势不大,他俩很快扑灭了火。火被扑灭了,他俩却累得满头大汗。

"这是咋回事?着了两次火!值夜班真累啊!"走到商场门口坐下来,刘明明嘟囔道。

"是啊!两次了。也许是老板得罪火神爷爷了。这可苦了咱们呀!这样上班多累呀!但愿别再有第三次了。"陈天华说。

没想到,陈天华和刘明明期待商场别再出事的愿望没有实现。他俩担心的事,还是再次发生了。

第四天晚上,十二点刚过,陈天华与刘明明吃完消夜后,刘明明刚把快餐盒子扔到门前广场的垃圾桶里,站在那里玩手机时,陈天华突然说:"明明,快进来,商场又失火了……"

刘明明一听又失火了,脑子"嗡"的一声响,也跟着往里面冲。在陈天华和刘明明奋不顾身地扑打下,很快火被扑灭了。等另一组的张峰他们赶来时，陈天华他们已经在打扫卫生了。张峰说："陈天华，你真是英雄，我们得要求上面给你庆功。明天我就去找主管说这事。"陈天华忙说："别找了，这是咱们的职责所在……"张峰说："甭客气了，不找白不找。"

商都商城在十天内，一连起火三次，幸亏都被保安及时发现且迅速扑灭，商场才没有造成重大财产损失，这真是值班保安的功劳。商场经理邓天平听了商场主管的报告，觉得陈天华这个救火英雄功不可没，应当给予奖励。但是具体多少奖金，他心里没数，而且当时总经理也不在，只好搁放了下来。主管看到都过了三天也没兑现，就去催促邓天平，邓天平只好电话请示总经理。

总经理听了邓天平的汇报，说："救火如救命，这样的人，应当给予嘉奖，好吧，公司就拿出五千元作为奖金吧。今天是星期六，再过四天，就在下周二傍晚的职工会议上颁奖。"

可是，星期一的下午，商场里来了两个警察。警察说他们接到报警，有人怀疑商场起火并非意外，所以，他们要对商场进行勘查。警察们对起火地点经过一番勘查，又找到陈天华询问救火经过。三问两问,警察们掏出了手铐,把陈天华铐了起来。

原来,总经理那天回复完邓经理,又在电话里把这事说给妻子听,他妻子认为商场起火是有人纵火,于是报了警。

"陈天华,老实交代起火原因吧,不要让我们逼你说出真相。"

陈天华脸色煞白,说:"事到如今,我就说实话吧,商场三次起火,都是我放的。"

警察问:"你为什么要放火?又为何要去奋勇救火?"

"我偷偷放了火,接着又去奋勇救火,我是不想让公司失火遭受损失。其实,我放火是为了吓吓公司领导,让商场老板看看,关键时刻,保安员有特殊作用……"

"什么,冒这么大的风险,就是为了这个?"警察有点吃惊,有些想不通。

陈天华说:"我吓吓公司只是我的一个想法,一种无奈的手段,其实,我主要是想得到一笔奖金……"

警察说:"啊?想得到一笔奖金?你真的只想得到奖金?"

"是的。我只是想得到一笔奖金。因为,我太需要这笔钱了,我……我说过,我实在是没有办法啊……"

警察说:"嗯,你有什么事不好说出口?都到这时候了,你还藏着掖着的!说吧,到底是怎么一回事?"

陈天华叹了一口气,说:"我需要这笔钱去救一个人……"

接着,陈天华交代说,他在商城工作四年了,平时一直兢兢业业,很受主管的信任。因为他在这个城市工作时间久了,受到了老家乡亲们的敬佩和信服。

今年春节陈天华回老家探亲,走的时候,一个亲戚把高中毕业没有考上大学的儿子王松领到他家,求他把王松带到白云市找份工作。陈天华推辞不了,就把王松带到了白云市。经过一些日子的周折,陈天华托熟人把王松安排到离商场两站路的一家饭馆里当厨房帮工。

上个月的一天,王松休息,他在饭馆里炒了两个菜,骑了同事的自行车到商场保安宿舍来看望他。谁知,黄昏时在回去的路上,一个骑摩托车的人横冲直撞,一下把王松撞翻在地。由于速度太快,王松倒下的时候,整个人一下飞了起来,"咚"的一声撞在路边花坛的沿坎上。那"飞车党"见撞了人,赶紧骑上摩托车一溜烟地逃走了。幸亏当时有好心人路过,把王松送进了医院。

王松被送到医院,经医生检查,才知道他被那人撞倒跌在花坛阶沿上时，小腿给跌骨折了。王松住院后，大部分的住院费都是陈天华给垫付的。王松住院一个多月，花了一万多元医药费，还没康复，不能出院。最近，医生老是催款，说是再不续费，就要停止给王松治疗了。陈天华工资又低，好不容易等来一个月的工资，也就两千块，可把这两千元工资交到医院后，才过了一个星期，医院又向王松催款了。陈天华也问过医生，他这个小兄弟的病，还需要多少钱才能结束治疗。医生说："还得四千元左右。"一听还需要四千多元，陈天华犯难了。除了王松自己挣的三千多元外，他前后已经为王松垫付了八千多元，其中有一千元还是向两个同事借的。现在又要凑钱，怎么凑得够？但是，王松是他带出来的，而且只上了两个月班就出事了，既没挣到几个钱，在这里又举目无亲，现在落难了，只有自己来帮他了。否则，王松落下个什么后遗症，他没法回老家去见王松的父母了！想到这里，他只好硬着头皮向同事们借钱，可同事一听他说借钱又是为老乡付医药费，都知道这是猴年马月才能还上的事，都说："挣那点小钱，工资一发就寄回老家了，身上只有一百多块钱的生活费了，你要是不嫌少的话，就拿去吧。"陈天华一听，人家都这样了，哪好意思再借呀。赶紧摆手，说自己另想办法吧。

恰在这时，王松打电话给他说："天华哥，医院又在催款了，我知道你在为我的医药费犯愁，我想马上出院。"陈天华赶紧嘱咐王松，说："你不能出院的。"张峰听到陈天华打电话说的话，就拿来八百元钱，二话没说就递给陈天华。陈天华拿上钱赶紧去医院给王松交上。

　　回来时，他在公交车上无意中看到一张报纸上有一条很醒目的新闻，说是一家制衣厂，车间半夜突然失火了，一个起夜上厕所的员工刚好发现了火灾，赶紧灭火。该员工因救火有功，得到了制衣厂奖励的六千元奖金，还被公司升为组长，成了小管理人员。陈天华看了这则新闻，心里一亮："我何不也仿效此事……"

　　回到单位，陈天华把这个想法说给张峰听，张峰十分惊讶，可是想到保安的低待遇，就有些气愤，迟疑半会儿，他说何不试试。于是两人商议一番，定下了由陈天华纵火邀功挣奖金救急的想法。

　　打定主意后，陈天华在外面买了一些固体酒精疙瘩和几团棉花。上夜班时，他带上一点棉花和酒精疙瘩，先在商场选好地点，待到夜深人静后，趁跟他一班的刘明明不在身边，他迅速取出一点棉花，包上一个烟头，从窗口扔进去。一两分钟后，烟头烧着了棉花，引燃了酒精，酒精又引燃了旁边的物品，他假装发现失火，就冲进去救起火来。他纵火的目的，是想显示保安人员的重要性，借此要求公司给他发上一笔奖金，好解他的燃眉之急。没想到，他的三次纵火，虽然都被扑灭了，却也闯下了大祸。

听完陈天华的叙述，警察们你看看我，我看看你，没有一个人说话。显然，他们也被陈天华的义气和那种浓浓的乡亲友情感动了，他们也同情陈天华老乡的遭遇。可是，在法律面前，是没有"同情"二字可言的。

两个警察先后从身上掏出几百元钱，凑成一千元，放在陈天华面前。一个警察说："这点钱，你转交给你的老乡，买点补品吧。"

"好了，陈天华，言归正传，你在笔录上签字吧。"另一个警察说。

最终，陈天华因涉嫌纵火罪，张峰因涉嫌参与谋划纵火罪，双双被刑拘了。

此事虽然到此打住了，可是，这件事就像一条看不见身形的蛇一样，老在商城老板刘总的心坎上绕圈子，特别是晚上，人一静下来，那条"蛇"就会出现，连续两个晚上折腾得他没睡好觉。最后，他似乎想到了什么，想到了什么呢？那就是：民以食为天，水安则鱼安。他想：以后无论如何，都不能再出现这种"意外"的危险事件了。

回到公司的第二天，刘总经理向公司财务部批示，从次月开始，商都商城所有员工，每月都增加工资二百元。

这个规定公布的当天下午，不知是谁提议，商场的员工们就捐起款来，最后一共是一万六千八百元。当天晚上，邓经理负责把这笔钱交到了王松的手里。

在生活寰

西風瘦